Esperando lo normal

Zahra Jons

Esta es una obra de ficción.

Los nombres, personajes, negocios, lugares, eventos o incidentes son producto de la imaginación del autor o se usan de manera ficticia. Cualquier parecido con una persona real, viva o muerta, o con hechos reales es pura coincidencia.

DEDICACIÓN

Para mamá ...

Durante los primeros meses después de que le diagnosticaron cáncer a mi madre, todos estaban esperando más resultados de pruebas, radioterapia, quimioterapia, más pruebas y resonancias magnéticas.

Después, se sintió como una eternidad antes de que las cosas volvieran a la normalidad ... y aunque ella ya falleció, la normalidad aún no ha regresado.

Gracias a mis amigos que leyeron y proporcionaron comentarios, sabiendo cuán cerca de mi corazón está esto, a pesar de que esta iteración no se parece en nada a lo que parecía el primer borrador.

Nunca entenderás cuánto significa tu apoyo para mí.

UNO

"Entonces, ella es la que tiene cáncer".

El susurro resuena a través del baño, rebotando en las baldosas rosadas desgastadas de los 70 y se canaliza hacia mi oído. Sigo lavándome las manos, fingiendo que no están hablando de mí.

"¿Cual es su nombre? ¿Cat? ¿Kate?

"No lo recuerdo. Solo que el director Mackinney habló de ella a principios del año".

Casi pude escuchar el movimiento de ojos. Suspirando, niego con la cabeza y me apresuro a irme.

Quiero decir, tengo cáncer, pero en realidad estoy aquí. Mis oídos todavía funcionan. Y no es como si estuviera ocultando el hecho de que estoy enferma, estoy bastante segura de que mi cabeza calva y mi gorro lo anuncian a todo el mundo.

Se cierra la puerta de un cubículo, luego otra. El susurrador, creo que compartimos una clase hace dos años, pero no puedo recordar su nombre, y su amiga, una compañera igualmente olvidable, se sientan uno al lado del otro, continúan su conversación como si mi cáncer me hubiera hecho. inexistente, como si fuera tan efímero

1

como los mechones de cabello que vuelven a crecer en mi cabeza calva.

"¿Por qué no usa peluca?".

"No lo sé. Tal vez no pueda pagar uno".

"¿La gente no les dona cabello para que sean gratis? Ya sabes, ¿como en la peluquería y esas cosas?".

"¡Dios mío! ¿El cáncer es contagioso? ¿Crees que usó este asiento?"

Lo dejo pasar en ese punto. No es que esté realmente interesada en sus palabras. Después de todo, son solo palabras. Durante los últimos meses, he aprendido qué palabras ignorar y a cuáles prestar atención.

Ajustándome la gorra negra y de labios rojos sobre mi cabeza afeitada; la mayor parte del cabello se cayó en grandes mechones una semana después de mi primer tratamiento de quimioterapia, pero hay partes y parches que crecen y sigo afeitándolos para no parecer una bruja. Me meto en el tumulto del salón principal de Granby High School. Los estudiantes me hacen espacio, manteniendo un espacio intermedio, como si solo un roce de piel pudiera enfermarlos. El director anunció que no era contagioso en la asamblea de los mayores y me pidió que me pusiera de pie para que todos pudieran reconocer y aplaudir mi valiente batalla con la "Gran C".

Sus aplausos me habían molestado entonces y todavía lo hacen ahora. No estaba segura de por qué estaban aplaudiendo:

acababa de ser diagnosticada y tenía mi primer tratamiento. No había hecho mucho más que acostarme en una cama de hospital y dejar que una enfermera con un mono verde brillante inunde mi cuerpo con jarabe amarillo de una bolsa, en términos farmacéuticos: metotrexato. No hubo batalla, ninguna hazaña de valentía, nada. Solo dormir y mirar televisión sin pensar; registro de pulso y temperatura, muestras de sangre y orina cada cuatro horas.

Encogiéndome de hombros, hago a un lado los recuerdos. Hay más tratamientos por venir, y tal vez suceda algo para lo que necesitaré coraje y luego lo entenderé. El próximo será mi quinto, el primero en un horario mensual en lugar de un horario cada dos semanas. Solo quedan cinco más después de eso. Como dice mi madre: tengo que seguir mirando el lado positivo.

Un día, las cosas volverán a la normalidad y la vida podrá seguir adelante una vez más.

Por supuesto, no es que la vida se haya detenido ni nada. Todavía tengo escuela, exámenes, iglesia y peleas en casa. Son solo cosas como el equipo, las películas y los bailes que se posponen; todas las cosas divertidas.

Jett espera al final del pasillo, apoyado contra los bloques de hormigón de color amarillo beige, mirando el tesoro que pasa. Es una cabeza más alto que la mayoría, incluso encorvado. La bolsa de mensajero rosa —un regalo "de recuerdo" de mi tía —, se cuelga sobre su ancho hombro, encima de la pequeña mochila de cuero negro que es suya. El corazón de la tía Rebecca estaba en el lugar correcto cuando compró la bolsa de mensajero, pero el cáncer de mama es rosa y el linfoma es verde, o púrpura si es linfoma de Hodgkin, y luego hay una combinación de los dos. Pero no rosa; nunca rosa. Jett usa su propia gorra, menos las huellas de los labios; tiene cintas verde lima adecuadas.

"Gracias por esperar". No estoy segura de que mi débil voz llegue a sus oídos, pero debe hacerlo porque niega con la cabeza y sonríe, pasa un brazo por encima de mi hombro y me acerca para abrazarme. Un par de chicas nos miran fijamente, una con envidia (ha estado enamorada de Jett durante dos años) mientras que las otras se burlan de disgusto.

Es solo mi segundo día de regreso a la escuela después de mi última semana en el hospital para recibir quimioterapia, y ya es viernes. Las conversaciones lentas se arremolinan por los pasillos: hablar de planes para esta noche, planes para mañana por la noche, quién está saliendo con quién, quién rompió con quién y quién irá al partido de fútbol. Es un lío de más palabras, y el año pasado, lo habría ignorado todo, pero ahora, me he perdido mucho, parece importante.

Es difícil distinguir una conversación en solitario, pero mis oídos lo intentan. La cacofonía es como el canto de los pájaros después del constante pitido del monitor de signos vitales del hospital. Por la noche, cuando cierro los ojos y estoy por dormirme, todavía puedo escuchar su eco, y me despierto, pensando que estoy de vuelta en esa habitación, con líquido bombeando en mi brazo, bolsas de aire moviéndose alrededor de mis piernas. Pasé la mitad de los últimos dos meses —todo el verano estuvo ocupado con este cáncer si consideras el tiempo que pasaste en el hospital haciéndote las pruebas antes del diagnóstico— en esa habitación o en una de a lado. Conozco a las enfermeras por su nombre, los nombres de sus maridos, los nombres de sus hijos y su sabor favorito de pudín.

Mi último tratamiento tardó más de una semana en eliminarse de mi sistema. El Dr. Sions dijo que eso era normal, y esa es una de las razones por las que el horario cambia ahora, de cada dos semanas a cada cuatro semanas. Significa que tendré más tiempo en la escuela, lo cual es bueno ahora que el verano terminó y octubre está aquí. La escuela comenzó el mes pasado, pero ya me siento muy atrasada. Si no me pongo al día, es posible que no me gradúe a tiempo.

Y necesito graduarme este año. Hay una beca en juego.

Pero antes de todo eso, tengo tareas que entregar y puntos de discusión que ganar. Todavía estoy en un par de clases de Colocación Avanzada, aunque bajé de la carga completa a la que me inscribí el año pasado. Simplemente no puedo manejarlo al mismo tiempo que la quimioterapia y las semanas en el hospital.

"Oye". Sonriendo, Jett se inclina y besa mi mejilla, ignorando los jadeos detrás de nosotros, el aumento en el ritmo de los pasos de la multitud. "¿Te sientes mejor?".

Me encojo de hombros. Mi estómago está vacío ahora, por lo que la necesidad de vomitar ha disminuido. Pero mi boca se siente como una mierda y solo quiero acostarme y tomar una siesta.

Jett mete la mano en su bolso y saca una pequeña caja de jugo del tamaño de un niño. "¿Uva blanca?". Guarda media docena de cosas allí para mí.

Riendo, acepto la caja. La uva es suave para mi estómago, por lo que no debería volver a vomitar en cinco minutos. Y hará que mi boca se sienta un poco menos muerta.

Un guardia de seguridad frunce el ceño en nuestra dirección y Jett se mueve para romper su línea de visión. Realmente no puedo meterme en problemas; El director Mackinney solo borraría el incidente de mi registro, pero mientras tanto, sería una molestia. Para Jett, tanto como para mí.

El jugo de uva está frío en mi garganta, calmando la quemadura del ácido del estómago. Cuando golpea mi estómago, siento un leve tirón, pero nada serio. Se queda abajo y termino la caja, succionando hasta que se hunde por los lados y todo lo que obtengo es aire.

Jett desmenuza lo que queda de la caja vacía en su mano y se la mete en el bolsillo de los vaqueros. La mezclilla está descolorida y estirada sobre sus muslos, pero no apretada. Se ve bien, saludable. "¿Okey?".

Asiento con la cabeza. "Gracias".

"Es para lo que vivo". Su mirada es intensa, su rostro serio. "Tú lo sabes".

Pero no estoy seguro de hacerlo. Yo quiero. Quiero creerlo Quizás lo necesite. Pero papá está de viaje, en Suiza, creo, esta semana, y mamá pasa la noche hablando sin parar sobre cómo pasaremos el Día de Acción de Gracias en Pensilvania con los abuelos y el resto de la familia. levantará mi ánimo. Eso es lo que aprendió en el grupo de apoyo para padres en la iglesia, y el sitio web de tratamiento del linfoma se hizo eco del sentimiento.

Así que esa se ha convertido en la primera ley del tratamiento del cáncer en mi casa, y ella se trata de hacerme positivo y cómodo, manteniendo todo como siempre ha sido.

Por supuesto, tengo programada mi próxima ronda de quimioterapia en un poco más de dos semanas a partir de hoy, y mis estadías en el hospital están lejos de ser las de siempre, aunque ciertamente me estoy acostumbrando a ellas. Y dado que cada vez es más difícil eliminar los productos químicos, las estancias son cada vez más largas. Con mi suerte cada vez más larga, comeré pavo en puré de arándanos y salsa en una cama de hospital para el Día del Pavo.

Podría tener tanta suerte.

Ir en automóvil para visitar a familiares no es lo que querría hacer después de una semana agotadora de quimioterapia. No hay forma de que un viaje de mierda por carretera a Pensilvania me levante el ánimo, a menos que pueda encontrar el escondite de la reserva de Jack Daniels de mi abuelo. No la he encontrado todavía y tampoco la abuela. La única evidencia que tenemos es el aliento obsceno del abuelo después de una pelea con él y sus comentarios y canciones igualmente obscenos.

"Vamos. Llegaremos tarde a clase". Jett me abraza con fuerza y regresamos a la multitud. Está disminuyendo y la sexta campana debería sonar en cualquier momento.

Lo hace, y comienza la última carrera loca. Los estudiantes de primer año pasan corriendo con sus mochilas de la escuela secundaria rebotando en sus espaldas, más pesadas de lo que son, mientras que los miembros del equipo de fútbol universitario deambulan por el pasillo, una barrera efectiva para cualquiera que quiera llegar a clase a tiempo.

Aunque Jett no está en el equipo, prefiere tocar la batería en su banda, podría haber sido un buen bloqueador defensivo. Él recibe los golpes por mí, usando su estructura de 6 pies para amortiguar los brazos agitados y los cuerpos que empujan a los estudiantes desesperados.

"Toma tu tiempo". El susurro de Jett detiene mi carrera instintiva. Tengo un pase de cáncer, por lo que nunca llego tarde a clase, a entregar una tarea, a tomar un examen. El instinto me da prisa, un impulso innato de no fallar.

"Pero llegarás tarde". He protestado antes y lo hago de nuevo. Me preocupo por Jett. Se retiró el año pasado y volvió a intentarlo de nuevo este año. Se está quedando sin oportunidades.

Se encoge de hombros. "He llegado tarde antes".

Ése es realmente mi punto. Si llega tarde demasiadas veces, lo suspenderán, incluso lo expulsarán, y luego, ¿qué haré?

DOS

Llego a clase y entrego todas mis tareas. Me quedé dormida, es mi última clase del día, pero es historia mundial del gen-pop y al Sr. Sommers solo le importa que no esté hablando, cantando o besándome en el esquina trasera.

Jett me lleva a casa, me acompaña a la puerta principal pero no entra. Tiene que hacer encargos para su papá y le digo que estoy cansada de todos modos. Duermo la siesta hasta que Kelly llega a casa y se sienta en mi cama y me cuenta cómo fue su día en Northside Middle; no tuvo suerte en su fecha de nacimiento. Si hubiera nacido una semana antes, estaría en noveno grado en Granby, probablemente en el programa de Bachillerato Internacional trabajando ya en la universidad. Es una niña muy inteligente, ya con tantos créditos de secundaria que podría graduarse un año antes. Esta niña comprende conceptos matemáticos que ni siquiera he intentado comprender.

Mamá llega a casa una hora después de eso y tenemos que salir y escuchar su día en el yoga caliente y el spa de uñas y sus horas de voluntariado en el hospital DePaul. Ahí no es donde recibo la quimioterapia; eso sería demasiado extraño. Pero está cerca de la casa y la hace sentir como si estuviera retribuyendo a la comunidad. Allí hay pacientes con cáncer, pero no reciben el tratamiento de una semana. Todo eso se transfiere al gran hospital del centro.

Ella hace la cena - a partir de cero - y no, no tengo hambre, pero el olor de la cocina los alimentos hace que mi estómago se ponga mal y la idea de poner en mi boca y tragar hace que la garganta se me cierre. Ojalá Jett estuviera aquí con otra caja de jugo.

"Ahora me toca a mí ... voy a cobrarme ... te voy a hacer pagar ... lo que tú me haces...", canta mi madre en la estufa, con la voz desafinada y ronca. Es una canción pop latina sobre una chica que deja a su hombre; no es una canción realmente feliz porque el hombre es infeliz y no la trata bien, no la ama bien y ella ha terminado con él.

Me pregunto si se da cuenta de que está cantando en voz alta. Por lo general, solo canta en el automóvil, cuando suena una estación de radio latina.

Sus caderas se balancean y giran, sus pies se mueven, incluso sus hombros se mueven; ella está bailando salsa sola. Al captar mi mirada, se detiene y lleva los platos llenos a la mesa, los colores brillantes de la comida chocan con los colores brillantes de la vajilla.

Mirando fijamente mi plato de porcelana como objetivo, juego con mi tenedor, volteándolo una y otra vez.

"Hice tu favorito". Mamá sonríe desde el otro lado de la mesa, colocando una servilleta naranja sobre sus rodillas. La mesa está preparada con frijoles negros caseros cocidos con chorizo, cerdo desmenuzado, tortillas esponjosas, plátanos fritos y calabaza en salsa roja.

Kelly mastica las carnitas, empapándolas con salsa verde y queso. "Me comeré el tuyo si no lo quieres".

Mamá me frunce el ceño y tomo mi tenedor, clavando los dientes en el cerdo frito. Es un poco grasiento y sé que me hará vomitar.

"¿No vas a comer?" La voz de mamá atraviesa la mesa. "Necesitas mantener tu fuerza. Eso es muy importante, Cat".

"Lo estoy dejando enfriar". Quizás pueda manejar el arroz. Lo extiendo con mi tenedor, mirando el vapor que sube desde el montículo de granos teñidos de rojo, y puedo ver trozos de jalapeños verde oscuro y granos de maíz amarillos. Sirvo unos frijoles con el tenedor, con la esperanza de que ella quite el ajo y el comino y me lo lleve a la boca.

Ella no lo hizo.

Trago y tomo un largo sorbo de agua. Mi esófago protesta más fuerte, así que tomo otro sorbo. El agua está fría y puedo sentir que viaja hasta mi estómago vacío.

"Hoy obtuve una A en mi examen de matemáticas". Kelly se jacta con la boca llena y sus ojos van desde mí hacia mamá. Traga saliva y se lame los labios limpios de salsa verde. "Sin embargo, obtuve una B en mi examen de inglés. No estoy segura de por qué. Pensé que lo había logrado".

"Eso es bueno querida". Mamá mira el reloj; se acercan las 7 pm. Papá llama a las 7:30pm todas las noches, sin importar en qué parte del mundo se encuentre. Ella está moviendo su propia comida en su plato. Tampoco creo que haya comido nada.

"Vomité hoy". No sé por qué lo anuncio, especialmente ahora. Quizás creo que mamá entenderá por qué no puedo cenar si se lo digo. Tal vez quiera evitar otro comentario de Kelly sobre lo que hizo en otra prueba. Quizás lo digo como una advertencia de que podría volver a vomitar.

"Eso es bueno querida". La mirada de mamá no se ha movido del reloj y ahora su arroz y frijoles son una sustancia viscosa con aspecto de vómito en su plato.

"Ew". Kelly deja su tenedor, mirándome. "¿Estás bien?".

Su preocupación me asusta y entrecierro los ojos y miro su rostro con fuerza. ¿Es cierto o simplemente otra cosa que alguien dice cuando se entera de que tiene cáncer?

"¿Jett estaba allí?".

Resoplé. "No cuando vomité. Llegué al baño para eso".

"Pero después. ¿Para ayudarte?" Kelly se inclina hacia mí, los ojos verdes que desearía haber heredado de papá son amplios y oscuros.

"Sí. Él estaba allí".

Parece que Jett siempre está ahí.

El tintineo del teléfono me hace saltar en mi silla. Kelly también. Y Chantilly, el Pomerania perfumada de mamá, ladra, salta y se desliza sobre el parquet. El pobre no sabe que es macho o que es un perro...

Mamá trota hacia el teléfono, acariciando su cabello en su lugar, como si la persona que llama pudiera verla de alguna manera. Coge el auricular y muestra los dientes con una amplia sonrisa. "Hola".

Por su risa puedo decir que es papá. Ella hablará con él primero, durante aproximadamente media hora, luego Kelly tendrá 10 minutos, luego yo recibiré mis 10, luego mamá nuevamente hasta que haya pasado una hora y él nos cortará para mantener la cuenta baja. Le dije que si tuviera un teléfono inteligente y usaba wi-fi, podríamos hablar por messenger gratis, pero solo frunció el ceño. Todavía tiene un teléfono plegable, resistente para viajar, y ni siquiera pensará en comprar nada más.

Kelly asiente con la cabeza hacia mi plato y arquea una ceja, señalando con la cabeza en la distraída dirección de mamá.

Empujo el plato más cerca de ella y ella saca la mitad de todo en su propio plato y pone su tortilla simple en el borde del mío.

La tortilla es suave pero reconfortante para mi estómago. Se queda ahí, absorbiendo la quemadura. Yo también como el mío, partiéndolo en tiras con los dedos.

Cuando mamá le pasa el teléfono a Kelly, sonríe a mi plato medio vacío. "Sabía que podías hacerlo. Te sentirás mucho mejor con la buena comida de la abuela". Toda la comida puertorriqueña que hace es de las recetas de su abuela, una mezcla de trozos de papel escritos a mano que guarda en una vieja caja de puros en la parte superior del refrigerador.

Mamá pica su comida mientras espero mi turno en el teléfono. Cuando Kelly me hace señas, estoy lista.

"Hola papá".

"Oye, Cat. ¿Qué tal la escuela?".

"Bien. Estoy manteniendo mi promedio de B hasta ahora".

"Sabes que puedes hacer A". La voz oscura de papá entra y sale a través de la estridente línea telefónica.

"Me esforzaré más".

"¿Has salido ya con los miembros del equipo?".

"No". No me molesto en recordarle que no puedo. En este momento, mi enfoque está en vencer al cáncer, no al otro equipo. Hemos tenido esta conversación antes. A veces, me pregunto si ha olvidado que estoy gravemente enferma.

"Cat, no puedes conseguir esa beca deportiva para William y Mary si no remas como universitario este año. El año pasado no contará".

¿Cree que no lo sé? Leí la solicitud y firmé todos los formularios. Un montón de formularios y solicitudes para cualquier beca para la que estaba calificado. Luego ingresó todo en una hoja de cálculo y se lo envió. También tengo una carta de ODU, una universidad local, que dice que me aceptaron con una beca siempre que mantenga un promedio de B. Esa beca no cubrirá todo, pero se acercará. Y si asisto a ODU, puedo vivir en casa.

Papá aún no ha visto esa carta.

"Cat, ¿me estás escuchando?".

"Sí, papá. Estoy aquí". Mi gorro está demasiado apretado, presionando mis sienes y palpitan por la presión. Pongo un dedo debajo del borde, ajustándolo hacia arriba y hacia atrás. La presión cesa, pero no los latidos.

"Mira, papá, tengo que irme. Aquí está mamá". Dejo el auricular, no en la base sino al lado, y camino de regreso a la mesa, con los dedos clavándose en mis sienes.

Mamá se apresura al teléfono. "¿Pablo?" Y ella parlotea de nuevo, sobre nada y todo.

"¿Quieres que le envíe un mensaje de texto a Jett?" Kelly me muestra el borde del iPad en su regazo, la pantalla de un gris brillante. "Puedo hacerlo, así que mamá no puede ver".

Mirando a Kelly, me pregunto adónde fue mi hermanita. Esta Kelly se ve triste, sus ojos con anillos oscuros, su rostro pálido pero aún del color de la carne.

Asiento con la cabeza. El dolor de cabeza hace que me sea difícil pensar, formar palabras. Cierro los ojos y aprieto los párpados con fuerza para bloquear la luz.

Acuéstate. Lo dejaré entrar por la puerta trasera cuando llegue. Kelly golpea la pantalla de su tableta, sus ojos en mamá. "Continúa, antes de que papá la obligue a colgar y empiece a hablar con nosotros".

Me levanto, me alejo de la mesa a trompicones y llego a mi dormitorio sin plantar cara en el pasillo. Eso es un gran logro. Estaba tan débil la semana pasada que me caí dos veces solo yendo al baño.

El cáncer —el linfoma, como ese significa mucho para todos menos para mí— comenzó en mis ganglios linfáticos y probablemente se trasladó a otra parte de mi cuerpo, pero los médicos no están seguros de dónde. Tuve una exploración especial que encontró rastros de las células en otros lugares, pero no masas en ninguna parte excepto en los ganglios linfáticos debajo del brazo.

Así lo encontraron, cuando me dolía la axila y un bulto hinchado se agrandaba. Al principio, pensé que me había lastimado un músculo remando, pero empeoró en lugar de mejorar cuando me tomé un descanso. Papá tiene un buen seguro a través de su compañía y tuve la suerte de tener un gran médico que comenzó la quimioterapia de inmediato. Si es necesario, recibiré radiación, pero a él le gustaría que no lo hiciera si fuera posible. Mi cuerpo en desarrollo y todo eso. Los efectos secundarios de la radiación pueden ser tan graves, o incluso peores, que el linfoma y la quimioterapia.

Excepto que el linfoma está tratando de matarme, y estuvo haciendo un buen trabajo por un tiempo allí, y la radiación me dejaría con un nivel desconocido de daño celular, porque nadie lo sabe con certeza. Pero esa es una decisión para el futuro, si la quimioterapia no hace el trabajo por sí sola. Es un caso de lo conocido que es controlable y lo desconocido que no lo es.

Al llegar a mi habitación, me desplomo en mi cama, me quito el casquete y lo lanzo en la dirección general de mi cesto de ropa sucia. Ahora tengo una colección completa de sombreros, desde gorros de fantasía hasta copias de dandas anchas para el cabello, gorras y sombreros. Todos regalados, todos puestos en un elegante tablero de clavijas cubierto con una tela con un estampado de cebra negro y fucsia que destroza los ojos y que cuelga en mi pared que mi madre compró para que pudiera exhibirlos todos.

Empequeñecen las medallas y gallardetes del equipo y del debate. Esa tabla es de madera vieja, aunque tiene un acabado brillante y no te hace bizquear. Frunzo el ceño ante esta otra serie de clavijas. ¿Falta una de mis cintas? Me quedo mirando, contando mentalmente, pero estoy demasiado cansada para levantarme y buscarla. Probablemente solo esté en el suelo; Puedo conseguirlo más tarde.

La mayoría de los sombreros simplemente cuelgan allí, nunca se usan. Excepto por las gorras: dos vinieron de Jett y una de Kelly. Esas las que uso todo el tiempo.

Recostada, con los párpados apretados, escucho el murmullo de la voz de mamá despidiéndose de papá y luego la voz de Kelly cuando mamá cuelga el teléfono, explicando que me fui a la cama.

"Dios, está enferma, mamá. Déjala en paz. Dijo que vomitó hoy. ¿No estabas escuchando?" La voz de Kelly se hace más fuerte y también los pasos de mamá en el pasillo. Los pequeños clics en el suelo de parquet significan que Chantilly la está siguiendo. Cuando llegan a mi puerta, los jadeos del perro suenan como los de un perro del infierno que acaba de terminar un maratón. Además de ser un perro macho con el nombre de Chantilly, tiene sobrepeso; Mamá no escucha al veterinario mejor de lo que escucha a mi oncólogo.

Mamá no se molesta en tocar, simplemente abre la puerta y enciende la luz del techo.

Entrecerrando los ojos, la miro.

"Paul está molesto porque no remas".

"Entonces Paul puede volver y remar".

"No lo llames Paul. Es tu padre". Mamá agita los brazos y señala con el dedo en mi dirección. Su voz es dura y fuerte y martillazos en mi cabeza. Chantilly ladra, salta y jadea, dejando una mancha húmeda de baba en mi alfombra.

Supongo que podría ser peor. Al menos es solo baba.

"Bien, *papá* puede volver y remar entonces. Yo no puedo". Aparto la cara, la entierro en la almohada y doblo las piernas hasta el estómago.

"Cat, Paul piensa que si te aplicaras, podrías hacer más. Ya ni siquiera ves la televisión conmigo. El grupo dice que mantener una rutina es bueno para la moral del paciente".

Hacer más. Obtener mejores notas. Come tu cena. Ver la televisión. Rema, rema, rema la embarcación.

"Vete, mamá".

Suspirando, mamá se va, Chantilly pisándole los talones, cerrando la puerta detrás de ellos. La luz todavía está encendida y no puedo enterrar mi cara en la almohada lo suficiente como para bloquearla y seguir respirando.

Pero estoy demasiado cansada para levantarme y apagarlo. Le digo a mis miembros que se muevan, pero se quedan allí, inmóviles, sin deseos de funcionar.

Sin embargo, está bien, me acuerdo. Jett lo apagará cuando llegue.

TRES

Son casi las nueve cuando Jett se cuela en mi habitación, apagando la luz tan pronto como él atraviesa la puerta. Sé la hora porque me lo dice cuando se disculpa por haber tardado tanto en llegar aquí.

"Está bien". Mi voz está ahogada en mi almohada, la tela de la funda está húmeda por las lágrimas y la baba. Parece que el perro y yo tenemos algo en común.

La cama se hunde a un lado y el cálido cuerpo de Jett llena el espacio vacío junto al mío. Envuelve un brazo alrededor de mí, alejándome de la almohada hacia su pecho. Su camiseta es suave debajo de mi mejilla húmeda y huele a Spring Meadow Tide y a sudor de hombre.

Acaricia una palma sobre mi cabeza, sus dedos masajean la piel seca. "¿Kelly te envió un mensaje que tenías dolor de cabeza?".

"Se ha ido ahora". Y lo fue, durante una hora o mejor. "Supongo que fue por falta de comida".

"¿Qué cenaste?".

"Mamá hizo carnitas y arroz con frijoles, pero yo solo comí las tortillas". No tengo que decirle que no había nada en ellas. Él sabe.

Se levanta de la cama, buscando a tientas algo en el suelo. "Aquí".

Se siente como una fruta cortada, viscosa y con trozos. Sí, es una bolsita de gajos de naranja.

"Gracias". Después de luchar un momento con la cremallera de plástico en la oscuridad, saco uno y me lo meto en la boca, chupando el jugo. Puede que me coma un poco de pulpa, puede que no. El jugo es fresco y el sabor estalla en mi lengua, picando un poco, pero vale la pena.

Acariciando mi espalda, Jett tararea. No es un gran cantante, pero escribe canciones para su banda y reconozco su melodía. El zumbido comienza en su pecho y se mueve hacia arriba, y puedo sentirlo en mi cabeza además de oírlo.

Escupo la rodaja de naranja, pulpa intacta, y saco otra.

Jett pone la cáscara en mi tocador. "¿Hablaste con tu papá?"

Gruñendo, asiento en su pecho, chupando con fuerza los cítricos.

"¿Te regañó?".

"Por supuesto". Jett ha escuchado todo sobre mi papá. Incluso lo había conocido una vez, antes de que rompiéramos. A veces me pregunto hasta qué punto papá es parte de la razón de eso. La ruptura, quiero decir.

La historia que les conté en la mesa de la cena y a cualquiera que preguntara eso no importaba, aunque Kelly puso los ojos en blanco al contarlo, fue que desde que Jett abandonó la escuela y yo tenía planes más grandes que ser una groupie de una banda de rock, Lo había dejado. Y algo de eso es cierto.

Al final del año pasado, antes de mi verano de pruebas y un diagnóstico de linfoma, tenía grandes planes para la universidad. Papá estaba presionando a Virginia Tech, su alma mater, y mamá pensó que debería intentarlo para Penn State, pero eso era solo porque la familia vivía cerca. Luego me enteré de la beca del equipo de remo en William and Mary, y papá se emocionó y aplicamos y aprobamos el primer corte. Es una beca completa, así que sé que es un gran problema, especialmente para ese calibre de escuela.

También apliqué a Old Dominion University, ya que es local. No tienen un equipo de remo, aunque tienen un club de remo. Fue un esfuerzo a medias, al final del verano. Papá estuvo de nuevo ausente por trabajo, durante la mayor parte del verano después de que me diagnosticaron, estaba en algún lugar de Corea haciendo algún tipo de prueba de plataforma militar. No podía concentrarme en los formularios y mi mano temblaba al completarlos.

Pero Jett estaba ahí para ayudar.

Pensé que tendría suerte incluso de obtener una respuesta.

Jett pensó que todos ellos me aceptarían y tenía razón. Es mi mejor animador en este momento, aunque no tanto en la lucha contra el cáncer. Se trata más de las pequeñas cosas que tengo problemas para hacer, como permanecer despierta en clase, comer y llegar al baño antes de que vomite.

Me sorprendió cuando vino a visitarme al hospital. No habíamos hablado desde la ruptura. Ni siquiera una copia accidental de un correo electrónico divertido. No estoy segura de quién le dijo que estaba allí, tal vez Kelly, tal vez alguien de la escuela. Estoy seguro de que no fue papá ni mamá.

Pero vino. Todos los días. Sin fallar. Cuando mamá estaba demasiado ocupada para darse cuenta y papá no estaba para que él no se diera cuenta, él recogía a Kelly y la traía también.

Incluso se quedó una noche, justo después de que me dieran el diagnóstico real de linfoma, lo que significaba que no iba a ser una operación rápida y ya estaba lista para volver a mi vida normal. Algo sobre que es un montón de células en lugar de una masa sólida. Me había preparado mentalmente para que me abrieran y lo sacaran. Estaba asustada, pero lista.

Luego, el Dr. Sions, mi oncólogo, vino con el cirujano que me había hecho la biopsia de la axila y me explicó que no habría cirugía porque no era el tipo correcto de cáncer. Hasta ese momento, pensaba que el cáncer era cáncer. No sabía que hubiera más de un tipo.

Resulta que hay muchos tipos de cáncer. Y el linfoma es uno de esos disimulados. Células de clonación zombi que pueden transportarse por todo el sistema linfático y por todo el cuerpo si no se detectan a tiempo.

Mi oncólogo también explicó que es necesaria mucha quimioterapia para matarlo, ya que la quimioterapia tendría que llegar a todas partes de mi sistema linfático y a mi torrente sanguíneo, ya que también podría estar allí, solo para asegurarse que lo eliminen todo. Todas esas pruebas que habíamos estado haciendo (mamografía, colonoscopia, Papanicolaou, resonancia magnética, tomografía por emisión de positrones) habían sido para encontrar dónde comenzó el cáncer o hacia dónde migró, para que pudieran hacer una biopsia fácil.

No habían encontrado nada más que la señal en la axila, así que habían hecho la biopsia allí. Kelly se había reído y había hecho una broma aburrida sobre el apestoso cáncer de axilas. Mamá no se había reído, pero había llamado a papá, fuera de horario, para hacerle saber los resultados.

Olvidé en qué país había estado papá cuando ella llamó. Iba de camino a Corea, pero todavía no había llegado.

Mamá y Kelly se habían ido a cenar y yo estaba sola, solo el pitido de las máquinas y una desagradable televisión en el canal de MTV. Fue entonces cuando me di cuenta. Tenía un caso de linfoma, un cáncer que podía viajar a todas las partes de mi cuerpo, matándome lentamente desde todos los ángulos. No pudieron operar. Todo lo que tenía era quimioterapia y radiación.

Y luego tuve a Jett.

Llegó con una ventisca para cada uno de nosotros, me miró a la cara y me abrazó. Le conté todo sobre el diagnóstico, moqueando toda su camisa, y él me escuchó, dándome cucharadas de dulce de chocolate mezclado con malvavisco y cereza, dejando que su taza de mantequilla de maní y su helado se derritieran.

Luego durmió en un sillón reclinable roto con una manta de hospital de repuesto sobre él e hizo una bola con su chaqueta debajo de su cabeza. Cuando desperté de nuevo, como a las 2 am, me dejó usar su celular para llamar a Shonda, mi mejor amiga que se había mudado a la costa oeste al final del año escolar pasado.

La enfermera miró para otro lado y no creo que se lo dijera a mis padres. De todos modos, yo tenía dieciocho años para entonces. ¿Qué podrían decir?

El papá de Shonda está en la Infantería de Marina y tuvieron que mudarse cuando recibió órdenes de Twentynine Palms. A veces nos enviamos correos electrónicos y llamamos, pero su vida avanza mientras que la mía está estancada. Tiene un nuevo novio y mechas rubias y una carta de aceptación de CalTech.

No creo que ella realmente comprenda que tengo cáncer, quimioterapia y semanas en el hospital. Ha pasado un mes desde que hablamos; No estoy segura de lo que le diría ahora.

Olfateando, froto mi nariz en el hombro de Jett y me mece un poco. Supongo que se dio cuenta de que mis lágrimas habían comenzado de nuevo. "Simplemente está en negación. Tiene miedo de tu cáncer".

"Eso es una mierda". Estiro mi cabeza hacia arriba para poder mirar en la dirección de su rostro. Es solo una silueta tenue, pero la miro, incluso si él no puede verla".

"No es una mierda. Yo tengo miedo". Jett me agarra con más fuerza, apretándome.

"¿Estás en negación?" Mi voz se quiebra y no importa que me la cubra de tos; Sé que lo sabe.

Suspira y besa mi frente, sus labios secos y frescos contra el calor debajo de mi calvicie. "Estoy demasiado asustado para negarlo".

Apoyo la cabeza contra su pecho, escuchando el latido constante de su corazón, el zumbido de inhalar y exhalar de sus pulmones. En ese instante, envío una oración de agradecimiento porque está sano, porque no es él el que tiene cáncer. No estoy seguro de poder estar allí para él como él lo está para mí.

En silencio, yacemos en la oscuridad. Su cuerpo, fuerte y sano, calentando la debilitada vasija en que se ha convertido el mío.

"¿Quieres salir al agua mañana?".

Su pregunta me asusta, el susurro me hace temblar. "¿En una embarcación?" No puedo remar, ni un poco de todos modos, probablemente ni siquiera hacer ese movimiento y Jett no sabe remar.

Pero el pensamiento envía escalofríos a mi columna vertebral, emociones *excitadas*. Mis músculos se contraen, mis brazos se preparan para tirar de los remos, mis piernas para empujar el piso del caparazón donde mis pies están bloqueados.

Quiero remar. ¿Yo puedo?

"Bueno, no. No en uno de los botes".

"¿Uno de los botes?" Vuelvo a levantar la cabeza, esta vez sin miradas. Mis músculos se relajan, pero una parte de mí está decepcionada. Lo que tiene poco sentido; Sé que no puedo hacerlo.

Jett cambia y por la familiaridad del movimiento, imagino que está doblando su mano detrás de su cabeza, mirándome. "Hablé con tu entrenador hoy. Pasé por el parque después de que te dejé aquí. Dijo que podrías salir en el bote mañana, si quieres".

¿Quería yo? No era un caparazón. No estaría remando, participando, solo estaría mirando. "¿Vienes conmigo?" Él no lo hará. Jett no sabe nadar; le tiene miedo al agua. Lo cual es extraño, ya que su papá es un buzo de rescate de la Marina y ahora enseña supervivencia en el agua a los pilotos de jet y esas cosas. Y nunca jamás usaría un chaleco salvavidas. Los chalecos salvavidas no son una apariencia genial. Y no son negros. Jett viste mucho de negro.

"Seguro". Pero está rígido a mi lado, su respiración se entrecorta por un momento, su corazón se acelera.

"Está bien. Eso estaría bien". Me acurruco contra él, enroscando mi propio brazo alrededor de su cintura, abrazándolo contra mí. Le haré saber mañana por la mañana que realmente no necesita salir conmigo.

Se relaja, los brazos rígidos se relajan para envolverme de nuevo. Nos hundimos el uno contra el otro y la cama, y sé que se quedará a pasar la noche otra vez.

Y me alegro.

CUATRO

Jett todavía está aquí por la mañana, roncando junto a mi oído. Su cabeza, calva por elección cuando donó su cabello, tiene la más mínima pelusa en su superficie, opacando el brillo. La barba incipiente a lo largo de su mandíbula es más larga y oscura. Creo que su barba sería negra si la dejara crecer.

Se mueve, su nariz acariciando mi cuello. El aliento caliente me baña la piel, haciéndome temblar.

Por primera vez desde nuestra ruptura, quiero que me bese.

Pero no tengo tiempo para eso. Si no tengo tiempo para estudiar o remar, ¿cómo podría tener tiempo para besarme?

Me muevo debajo de su brazo, dejándolo dormir. El reloj marca las 0800. Mamá debería salir para su clase de yoga caliente para despertarse en el Y. Kelly probablemente está viendo dibujos animados matutinos, sentada en el sofá debajo de su gran manta azul con forma de cabina telefónica británica, comiendo cereal sin leche.

Entonces, no hay razón para entrar en pánico de que Jett todavía esté aquí. Quiero decir, mamá nunca creería que solo dormimos. Y probablemente le diría a papá. Sin duda, le diría a papá. Pero no hay nadie más que Kelly para atraparlo, y como ella lo invitó en primer lugar, estoy empezando a pensar que lo está alentando.

En el baño, me lavo la cara y me quito el delineador de ojos que me había dejado la noche anterior y que se había transformado en ojos de mapache. Solía usar rímel, sombras, rubor y todo. Pero mis pestañas se cayeron con mi cabello, y cualquier otra cosa se ve llamativa contra la palidez de mi rostro. Me lavo los dientes, suavemente, con la pasta de dientes especial que evita que se formen llagas en la lengua y las encías.

Hablar desde el pasillo me detiene y mi respiración se congela hasta que me doy cuenta de que solo son Kelly y Jett. Suelvo el aliento, ahogándome con la pasta de dientes antes de escupirla y enjuagarme.

"Mamá está fuera por lo menos una hora más, así que puedes quedarte a desayunar".

"Gracias". La voz de Jett suena áspera y se aclara la garganta.

"Hay otro baño a través de la habitación de mamá y papá". Un golpe contra la pared me dice que Kelly se ha apoyado contra la puerta del armario de ropa blanca. Tiene las bisagras sueltas porque nos apoyamos en él todo el tiempo.

"Está bien. Puedo esperar". La voz de Jett es más clara ahora.

"¿Café?".

"¿Eh?".

"¿Bebes café? Puedo hacer un poco. De todos modos voy a preparar el té de Cat".

"UM, seguro".

He escuchado esta conversación más veces de las que quiero contar. Oh, no este exactamente, no palabra por palabra. Ni siquiera Kelly, pero siempre Jett.

¿Necesitas algo mientras esperas a Cat?

Mirándome al espejo, quiero ver el cabello castaño-rubio que tenía el verano pasado, mi piel, castaña y con las mejillas rosadas por el sol. No me gusta este nuevo rostro, pálido, demacrado y sin pelo. Mi reflejo me recuerda a un gato esfinge: un gato, pero no el tierno gatito-gatito que todos quieren. Un gato feo del que la gente se asusta porque no está segura de querer tocarlo.

¿Qué ve Jett cuando me mira? ¿Y Kelly? ¿Shonda cuando le envié fotos desde el celular de Jett? ¿Mis padres?

El suelo cruje fuera de la puerta, recordándome que Jett todavía está esperando.

Sonríe cuando abro la puerta, bostezando, estirándome y abrazándome. Kelly está haciendo tu té. Besa la parte superior de mi cabeza y me estremezco.

Asiento con la cabeza. Él sabe que lo escuché, pero es más para hacer casi una conversación que cualquier otra cosa.

Una vez que está instalado detrás de la puerta del baño, me apresuro a mi habitación, cambiándome de los jeans arrugados y la camiseta roja con la que dormí por jeans limpios y una camisa nueva, una linda camisa de algodón a cuadros con ribete de encaje en los bolsillos y puños. Mirándome en el espejo, los jeans cuelgan y la camisa se hunde, a pesar de que solo la compramos el mes pasado después de recogerme de una pelea con la quimioterapia.

Parpadeando, aplico un poco de sombra, aunque se ve rara sin pestañas, y me aplico un poco de brillo teñido en los labios. Al menos lo estoy intentando. Eso es lo que se supone que debo hacer: *intentarlo*. Mantendrá mi ánimo en alto.

Alcanzando una gorra, me detengo. Se siente como un disfraz. Incluso el maquillaje. *Especialmente* el maquillaje. Quiero decir, ¿para quién me lo pongo? No para mí. ¿Para Jett? No ha necesitado que lo use hasta ahora.

Además, no funciona como debería. Parece más escenificado que natural. Una máscara de Halloween. No del todo favorecedor.

Agarrando un pañuelo, me froto los labios y me limpio los párpados. Queda un tinte de sombra, pero me siento mejor.

"¿Tienes hambre?" Jett llama y pregunta a través de la puerta.

"Un poquito".

"¿Tostado?" Su voz se amplifica a través de la madera de la puerta.

"Quizás cereal".

Las cáscaras de naranja se han ido de la mesita de noche, Jett las ha tirado a la basura ya que yo no las había tirado. Mi gorro de ayer está dentro de la cesta; de ninguna manera hice ese tiro anoche en la oscuridad.

Dejo mis jeans sucios y mi camiseta encima de la gorra y abro la puerta, sonriéndole a Jett. Se queda ahí, sonriéndome, sus ojos recorren mi rostro y mi cuero cabelludo desnudo, deteniéndose un segundo en mis párpados contaminados. "¿Vamos a salir al agua?".

"Seguro". Todavía no creo que salga en el bote, pero me llevará al embarcadero, me ayudará a entrar tambaleante desde el destartalado muelle que necesita nuevas tablas y me observará desde la orilla.

Y por ahora, eso podría ser suficiente.

En la cocina, Kelly juega con la cafetera, y mi té se empapa en una taza transparente sobre la barra, el líquido se torna lentamente a un marrón rojizo oscuro.

Mis dedos encuentran calor alrededor de la taza humeante. No me había dado cuenta de que mis dedos estaban fríos hasta ese momento. "Gracias, Kel".

Ella me aparta, presionando un botón en la parte frontal de la máquina.

Después de poner mi té en la mesa, agarro un tazón del armario, lo sostengo para que Jett lo vea, y cuando se encoge de hombros, saco uno para él también.

"¿Ya has comido?" Golpeo a mi hermana en el costado, para que sepa que le estoy hablando.

"Um, sí". Ella sonríe cuando el siseo delator y el goteo comienzan en la olla. "Debería haber café en un minuto".

Dejo los tazones sobre la mesa y examino las cucharas en el cajón de los cubiertos, buscando dos que coincidan.

Jett saca la leche de la nevera, en casa, en una cocina en la que no ha estado desde hace casi un año. Por lo general, no puede desayunar aquí cuando se queda, porque tiene que escabullirse para que mamá no lo vea.

"¿Cheerios o Honeycombs?" No hay mucho en la alacena. Mamá toma batidos saludables de nueces para el desayuno, por lo que hay mucha fruta, leche de almendras y espinacas tiernas en el refrigerador, y con papá ausente, se hacen menos compras.

"Yo escogería los de miel. Los Cheerios están rancios". Kelly mira el café que gotea, tamborileando con los dedos sobre la barra. "Puede que no haya hecho esto bien. No parece lo suficientemente oscuro".

El café en la tetera se parece a mi té, solo que en realidad no lo es, porque mi té es más oscuro.

"Estoy seguro de que estará bien". Jett dice esas palabras, pero mira el líquido, inseguro.

Suspendiendo la bolsita de té sobre mi taza, observo que lo último del té gotea en el líquido fragante.

"Está todo bien". Jett toma la caja de cereal azucarado y la agita antes de volver a dejarla y verter Cheerios en su tazón.

"Puedes tomar el cereal de azúcar". Tomando sorbos de la taza, el calor del té se esparce a través de mí. Supongo que quizás algo más que mis dedos están fríos.

"Está bien". Vierte la leche y comienza a meterse las pequeñas 'o' en su boca. Él también bebe el café, aunque se vuelve blanco cuando agrega crema.

"¿Quieres venir con nosotros?" Le hago la pregunta a Kelly, sorprendiéndome incluso a mí misma. No he querido de buena gana que mi hermana pequeña me acompañe desde que comencé la escuela secundaria y ella todavía estaba atrapada en la escuela primaria.

Kelly me mira parpadeando.

Jett traga un sorbo de café con leche. "Vamos a la práctica de la remo. Sólo para mirar. Y tal vez salir en el bote".

"¿Por papá? ¿Por lo de anoche?" La mirada de Kelly se vuelve acuosa.

"No. Porque Jett le preguntó al entrenador ayer después de la escuela".

Ladeando la cabeza, Kelly tuerce los labios y mueve las cejas. "¿Seguro que me quieres contigo?".

"¿Por qué no?" Jett se sirve otro tazón de cereal. "Solo vamos para que ella pueda salir al agua".

Bebo más té y veo hablar a Jett y Kelly. Puede que quiera que Jett me bese, pero parece que a él no le interesa que lo bese.

CINCO

Jett sube a bordo del bote, haciéndolo oscilar de un lado a otro y haciendo que algunas olas agitadas salpicaran el adentro. Se sienta, tenso a mi lado, mientras uno de los chicos mayores corre el motor fuera de borda y el entrenador se para en la proa, con las manos metidas profundamente en los bolsillos de su chaqueta, gritando al equipo universitario ocho de los muchachos perezosos frente a nosotros.

El agua es marrón, no azul, por el limo y el reflejo de las nubes grises arriba. También apesta. El río Elizabeth está contaminado. Me he sumergido en sus aguas antes y se necesita mucho jabón para quitar la suciedad de tu piel.

Pero valía la pena cualquier cantidad de vuelcos para estar en el agua, en control, el chapoteo de los remos cortando la superficie, la espuma crema del agua, el golpe rítmico del asiento sobre los rieles.

Es diferente en el bote de remos, pero lo suficientemente cerca como para enviar una emoción a través de mí. Cierro los ojos y el suave balanceo del barco se siente normal, normal, regular. Mi cuerpo es uno con el balanceo. Sabe que está en el agua.

Suspirando, abro los ojos. La decepción flota a través de mis músculos. Quiero remar como solía hacerlo. Podía estar en el agua, en uno individual o incluso en un entrenador, y remar, tan rápido o tan lento como quisiera. Era solo yo. Incluso con las otras chicas, el ritmo constante, el impulso a través de las olas, me hacía sentir como si estuviera llegando a alguna parte.

Jett se ve un poco verde y sigue tragando, como si algo le subiera por la garganta. Se encorva, se mete las manos en los bolsillos y la mirada fija en el fondo del barco en lugar de en el agua.

"¿Estás bien?" Grito por encima del rugido del fueraborda.

"Estoy bien". Él asiente, pero es solo un leve movimiento de su cabeza y no me mira. Los lazos de su gorro ondean al viento, ondeando por todos lados como una bandera pirata en miniatura.

El bote reduce la velocidad hasta quedar quieto, solo las olas lo mueven, hacia arriba, hacia abajo y hacia arriba, y el casco del equipo universitario hace un giro amplio para regresar al muelle. Por encima de mi hombro, de regreso a la orilla, Doris, uno de los padres, deja que Kelly se meta en una bañera sola. Se llama bañera porque es grande y más estable para los remeros principiantes. La miro a ella en lugar de a los chicos del equipo universitario. Ella está con un par de novatos y, en mi opinión totalmente libre, lo hace mucho mejor que ellos. Ella es natural en el agua, su cuerpo gira en el asiento mientras empuja el asiento hacia atrás, con los remos en posición firme.

Se supone que las bañeras no deben volcar, pero una de las remeras se las arregla para hacerlo, aunque no Kelly. El orgullo se hincha en mi pecho porque lo hizo tan bien su primera vez en el agua. Ella agarra el caparazón derribado y lo sostiene cerca de ella, evitando que se mueva, y el remero se engancha para mantenerse a flote.

El entrenador maldice y hace gestos para que nos regresemos, dejando que el equipo universitario siga a su gusto. Regresamos rápidamente hacia las bañeras y el entrenador arrastra a la chica empapada al bote. Ella está temblando, con los labios azules, y Jett le ofrece su sudadera con capucha, tirándola sobre sus hombros y frotándola sobre sus brazos.

"¿Qué debo hacer?". Kelly grita desde donde está varada con dos botes.

"Volveremos enseguida. Agárrate al otro bote". Grito sobre el parloteo del motor. El entrenador está más preocupado por llevar a la nadadora inexperta a la orilla y adentro, fuera del viento. Finales de octubre no es un clima helado aquí en Norfolk, pero tampoco es verano. El viento puede azotar el agua hasta casi congelarse, una situación peligrosa si te sumerges.

Una de las chicas mayores agarra una cuerda en la orilla y sale remando en la otra bañera individual para ayudar a Kelly. Deja a Kelly remar sola, luego endereza el bote inclinado, atando la proa a su extremo y remando a remolque.

Dentro del cobertizo, el entrenador aprovecha la oportunidad para explicarle a la chica empapada lo que hizo mal. Afuera, las chicas universitarias se van al bote de ocho en el que habían estado los chicos. Solo hay siete, y mi estómago da un vuelco cuando me doy cuenta de que quiero sentarme en el octavo asiento: *mi* asiento. Me habían prometido ese último lugar al final de la temporada pasada, después de subir de rango en velocidad y distancia.

"Oye, Kelly, ¿quieres probar en el de ocho?" Jackie Wright llama desde el muelle, con una mano sobre sus ojos, protegiéndolos del resplandor de la tarde. Ella tiene el octavo remo sobre un hombro. Los siete podían remar solos, pero dos chicas de un lado tendrían que retroceder o irían en círculos. Tendrían que dejar atrás el remo extra.

"¿Yo puedo?". Kelly me mira y no estoy segura de si pregunta porque es mi asiento, o se ha dado cuenta de que probablemente necesite el permiso de alguien para salir al agua de nuevo.

Me encojo de hombros. No estoy segura de que esté bien. ¿Y si le pasa algo? Sin embargo, conozco a las chicas del bote. Les confiaría mi propia seguridad, así que ¿por qué no la de Kelly? "Pregúntale al entrenador".

El entrenador hace un gesto con la mano y Kelly lo toma como un sí y corre hacia el muelle. Jackie se toma el tiempo para mostrarle el asiento y explicarle que solo tendrá un remo. Estará remando a babor a estribor de Mandy Smythe.

Salen del muelle, Mandy riendo mientras Kelly intenta mantener el ritmo. Tracie Miles está en timonel, gritando órdenes entre sus propias carcajadas. El caparazón se balancea pero no se inclina. Las otras chicas del barco saben qué hacer.

"¿Kelly comienza la escuela secundaria el próximo año?" Pregunta el entrenador. Se pone de pie junto a mi codo, con las manos una vez más empujando con fuerza en los bolsillos de su rompevientos.

Asiento con la cabeza. "Ella encajará bien, creo".

El entrenador asiente. "Tráela siempre que puedas. Ella puede aprender las cosas en tierra y estar lista para el próximo año".

Volteando hacia abajo para mirar el bote mientras Doris se ocupa de los que ahora están en el embarcadero. El timonel de los ocho chicos les está contando lo que salió mal en el agua, y el resto de la tripulación está ordenando o limpiando los otros botes.

"¿Estás bien?". Jett me pregunta mucho eso.

"Sí. Yo solo..." suspiro.

"En el de remos no es lo mismo que estar en un bote, ¿eh?".

Niego con la cabeza. El año pasado, el viento del agua azotaba mi cabello, incluso en una cola de caballo, agitando mi sangre para bombear en un frenesí de acción y adrenalina. Hoy, simplemente me enfría la piel, me hace temblar, la onda involuntaria se extiende por mi espalda y mis extremidades. Tengo mi sudadera con capucha sobre un suéter, pero parece que siempre tengo frío.

Frunciendo el ceño, Jett se quita la gorra de su propia cabeza y la coloca sobre la mía. Es demasiado grande y cae sobre mis ojos, pero está caliente por su piel y dejo de temblar.

De pie, el frenesí de lavar y guardar gira a mi alrededor. Un estudiante de segundo año que reconozco como nuevo la temporada pasada lucha por enrollar un amarre mojado y me acerco para ayudar, pero otro estudiante de último año se apresura primero. Miro a mi alrededor, perdida. Conozco a casi todo el mundo aquí, pero no soy parte de la acción. No formo parte del equipo.

Kelly se ríe con las chicas del equipo de ocho, asintiendo y agitando las manos alrededor de la cabeza. Ella recibe una palmada en el hombro y todas la aclaman. Mi estómago se retuerce y respiro rápido, dándome la vuelta para no poder mirar.

"¿Cat? ¿Estás bien?" Jett se inclina más cerca, un ceño fruncido tira de sus ojos marrón oscuro hacia abajo para encontrar sus largas pestañas. Realmente me estoy cansando de que me hagan esa pregunta.

Asiento y huelo, negándome a mirar a Kelly. Quiero que sea remadora el año que viene. El equipo realmente puede utilizar a alguien como ella; ella hablará en serio y se mantendrá en ello. Yo sé eso de ella.

Y mientras papá no la presione, será divertido.

Pero al mismo tiempo duele. Ese debería ser yo el de allí, riendo y abofeteando, con la piel helada y agrietada por la fila.

"¿Lista para ir?" Los labios de Jett rozan mi oreja, cálidos y húmedos.

"Tenemos que esperar a Kelly".

"Puedo traer a Kelly si necesitas irte".

"No". La culpa mantiene mis pies quietos. Soy la hermana mayor. Necesito actuar como tal.

"Cat...". Jett mira a Kelly y suspira.

"Está bien, Jett. Por favor. Yo solo, bueno, ya sabes". Me encojo de hombros, esperando que lo entienda. Parece saber y entender todo lo demás sobre mí.

No puedo expresarlo con palabras. No a él; ni a nadie. Haría lo que me siento mucho peor si lo hiciera. Tendría que admitir esos sentimientos y no quiero hacer eso, ni siquiera conmigo misma.

Jett envuelve un brazo alrededor de mis hombros y me acerca. Me acurruco, serpenteando mi propio brazo alrededor de su cintura. Está caliente y huele a humedad y viento.

Y por un momento, me olvido de Kelly, de remar y de estar celosa.

SEIS

Jett nos deja, el humo de su vieja camioneta humean el aire frente a la casa. La calle está llena de híbridos de Mercedes y Honda, ni una mancha de óxido o suciedad en ninguno de ellos, colocados de lleno en caminos adoquinados que terminan en garajes para dos autos.

El viejo Jeep retumba y se estremece, y Jett pisa el acelerador, accelerando hasta que el motor se estabiliza. La camioneta es de cinco colores diferentes; no todos son pintura: uno es óxido y otro es sellador. La batea tiene madera en el fondo, cubriendo mucho óxido allí. El panel del cuarto trasero derecho está lleno de Bondo (no me preguntes qué es eso, me dijo Jett una vez y enseguida lo olvidé) y el parachoques delantero es una gruesa pieza de tubería pintada de negro.

Kelly salta de la cabina detrás de mí y cierra la puerta de golpe, con fuerza para que se quede quieta, y el polvo de óxido se filtra al pavimento. Jett sonríe y saluda antes de rugir. Kelly todavía está burbujeando por estar en el agua cuando la puerta se abre frente a nosotros y mamá está allí, todavía con su ropa de yoga gris marcada por el sudor. "¿Dónde has estado?".

Chantilly resopla y resopla en sus talones, una diadema gris y rosa estirada alrededor de su cabeza y debajo de sus orejas.

"¡Ni siquiera me dejaste una nota!".

Miro a mamá. Nunca había visto que ella me protegiera tanto, no desde que comencé la escuela secundaria y obtuve mi licencia de conducir. Una cálida hinchazón de algo comienza en mi estómago y se extiende.

"¿Cómo crees que me sentí cuando llegué a casa y no tenía idea de dónde estaba Kelly?".

Oh. *Kelly*. El calor se baja y se retira. Miro hacia la calle.

"Mamá". Kelly da un paso a mi alrededor, plantándose frente a nuestra madre. "No soy una bebé".

"¿Sabes lo que le puede pasar a una joven que está sola?" Todos sabemos lo que le pasó a mamá cuando era joven y vivía en Puerto Rico; lo hemos escuchado cada vez que ella sintió la necesidad de sermonearnos. No fue una historia agradable, y entiendo por qué está preocupada, pero esto no es Puerto Rico y su tío pervertido ya no está.

"No estaba sola. Estaba con Cat y-" tropieza y murmura, "con Cat en el embarcadero. El entrenador la dejó salir en el bote".

Aguanto la respiración. ¿Mamá había atrapado el balón suelto? ¿Preguntaría cómo llegamos allí? ¿Quién nos había dejado? Después de todo, no tenía coche para llevarnos de ida y vuelta.

"¿Estabas en el agua?". La mirada de mamá se aferra a mi cara.

"Sí. En el bote".

"¿Dónde estaba Kelly? ¿Quién estaba con ella?".

Antes de que pueda responder, Kelly interviene de nuevo y me siento aliviada. "Estaba con Doris, la mamá de Mandy Smythe. Ella me cuidó. Y pude hablar con las chicas en el bote del equipo universitario. Estoy pensando en remar el año que viene cuando empiece en Granby".

Kelly camina por una delgada línea. Nunca he podido salirme con la mía contando cuentos, con ninguno de nuestros padres. No estoy segura de que Kelly pueda hacerlo ahora. Por supuesto, papá no está en casa y es él quien siempre logra descubrirme.

"Paul estará tan feliz de que estés de vuelta con la tripulación. Ha estado tan preocupado por eso, ya sabes. Puedes contárselo todo cuando llame esta noche". Mamá nos mete a la casa, cierra la puerta principal detrás de nosotros y se apresura a la cocina. "Tengo el almuerzo listo. Vengan a comer".

La calidez de la casa se siente bien en mi rostro, me quito la sudadera con capucha y la gorra de Jett. Me quedo con el suéter; No hay razón para arriesgarse y volver a tener frío.

Poniendo los ojos en blanco sobre su hombro con un exagerado deslizamiento de cejas, Kelly abre el camino a través del vestíbulo, pasando por la sala de estar y el comedor. Chantilly baila a nuestros pies, la diadema se desliza lentamente hacia arriba, juntando sus orejas, haciendo que el pelaje tupido en la parte superior de su cabeza se erice aún más.

"Mamá, ¿Chantilly necesita salir?" El perro parece un poco desesperado, como un niño que mantiene las piernas cruzadas porque ha esperado demasiado para ir al baño.

"Él acaba de entrar, pero puede salir de nuevo". Mamá está en la estufa, sirviendo algo de una olla pequeña. Probablemente sea algún tipo de grano súper saludable que comeremos con verduras y garbanzos. Ella ha estado en una racha de garbanzos; ya hemos comido hummus y curry de garbanzos esta semana. Las carnitas fritas de la noche anterior habían sido un poco como una aberración, pero los viernes suelen ser su noche de "libre".

Dejo que el perro salga por la puerta trasera y se aleja como un pato hacia las azaleas, agachándose debajo de las últimas flores pardas, olfateando un camino sinuoso debajo de las ramas.

Mamá mira mi cabeza desnuda durante todo el almuerzo, casi como si nunca la hubiera visto antes. Demonios, he visto fotos mías de bebé: nací calva.

"Ayer vi una peluca muy bonita. Toda rubia y rizada". Mamá pone un plato frente a mí. Quinoa y pimientos rojos salteados.

"¿Oh? ¿Estás pensando en volverte rubia?" Mamá es latina pura, con cabello oscuro y piel color caramelo y labios exuberantes.

"No. Solo creo que podrías sentirte mejor si te ves más normal". Mamá se mete la comida en la boca.

Trago mi primer bocado de pimiento justo a tiempo. Mi garganta se cierra con sus palabras. "Mi cabello no era rizado, mamá. Tampoco era rubio".

¿Normal?

Mi cabello se cayó, o la mayor parte de todos modos, después de mi primera semana de quimioterapia en el hospital. Eso fue a principios del verano, cuando se suponía que íbamos a estar en Disney porque papá lo ganó como un bono de su compañía.

Se había caido por partes cuando lo cepillé, dejando largos mechones que me hacían parecer una vieja bruja de una película de fantasía, sin las arrugas. Entonces, tal vez una vieja bruja que había hecho un hechizo de juventud que había salido mal. Se me había caído en la almohada, en el peine y en los hombros.

Durante la visita de Jett en la segunda semana de tratamiento, de nuevo como cada semana; se me había desprendido un puñado de la mano cuando traté de empujarlo detrás de la oreja y le pedí que me trajera unas tijeras.

Había aparecido a la mañana siguiente, máquina en mano, con su propia cabeza ya afeitada.

"Necesitaba saber cómo hacerlo. No puedo arruinarte la cabeza". Se había encogido de hombros ante mi sorpresa.

"¿Lo hiciste tú mismo?" Me quedé mirando su cabeza, la piel suave, la forma fuerte de su cráneo. Esperaba que mi cabeza desnuda se viera tan bien.

"La parte del afeitado, sí. Pero fui y doné el largo primero".

"¿Donaste tu cabello?" El cabello de Jett había sido largo y espeso. Lo había mantenido atado para ir a la escuela y a la iglesia, pero se lo soltaba cuando tocaba la batería, batiéndolo al ritmo. Toda la banda tenía el pelo largo. Era parte de su 'look'.

"Sí. No es gran cosa. Tal vez consigas una peluca hecha de mi cabello". Hizo un gesto con la mano y sonrió; mi estómago dio un vuelco ante la idea. Quizás por eso le dije a la enfermera que no quería peluca.

Algún otro niño merecía el cabello de Jett más que yo.

"¿Entonces, qué piensas?" Mamá se sienta al final de la mesa, una gran sonrisa se extiende por su rostro.

"¿Acerca de?" Miro a Kelly, esperando una pista, pero no obtengo nada. Kelly simplemente se sienta allí, mirando a mamá.

"Pensé que podríamos ir a comprar pelucas hoy". Mamá se pone de pie y toma su plato. Solo se ha comido la mitad de lo que le puso y tira el resto en el cesto de basura de acero cepillado que hace juego con los electrodomésticos.

"Mamá, no quiero una peluca".

"Estoy seguro de que te hará sentir mejor".

"¿Cómo me hará sentir mejor?" Empujo mi silla hacia atrás, el raspado a través del azulejo chirriando por mi columna, y me pongo de pie. "¿Va a combatir el cáncer? ¿Limpiará mis células?".

Mamá se acerca al fregadero y se lleva un puño a la cadera. "Quiero decir emocionalmente. Creo que te estás deprimiendo. El oncólogo mencionó algo al respecto".

Sí. Como hace cuatro visitas, después de la primera semana en el hospital para recibir quimioterapia. Por eso tomo una pequeña pastilla rosa para ayudar a mantener equilibrados los químicos en mi cerebro.

Dios, la mujer ni siquiera sabe para qué sirven las pastillas que tomo.

"Yo. No. Quiero. Una. Peluca". Mi estómago se aprieta y podría devolver mi almuerzo. Respiro profundamente por la nariz, dejándolo entrar en mis pulmones de manera lenta y uniforme. Ayuda y mi estómago se alivia.

"Pero-".

No la dejo seguir adelante. No puedo. Si no la detengo ahora, estaremos en el Volvo y conduciremos hasta donde ella vio las malditas pelucas.

"Yo. No. No. Quiero. Fingir. Que. Estoy. Bien".

Saliendo de la mesa, los pequeños balbuceos de mamá me siguen por el pasillo. Golpeo todo el camino hasta el baño; es el único lugar en el que puedo estar solo, la única habitación en la que mamá no irrumpirá sin más.

Y realmente necesito estar sola.

Abro la ducha, me quito la ropa y la tiro al suelo. Mi piel todavía está helada de estar en el río, y el agua punzante cae como un martillo en mi piel y huesos.

De pie bajo el ataque, cierro los ojos, dejo que el agua se escurra y gire por el desagüe. No hay necesidad de champú. No necesito acondicionador. Solo el agua caliente.

SIETE

"¡Chantilly!" El enano de cuatro patas debería salir corriendo de las azaleas como una cerda preñada.

No lo hace. No hay nada. Ni siquiera un susurro de movimiento.

Al salir, envuelvo mis brazos alrededor de mi cintura. La ducha me calentó, pero la actitud de mamá me ha vuelto a enfriar. Aunque es solo una hora después del almuerzo, el viento se levanta y pesadas nubes oscuras se ciernen sobre nuestras cabezas. El pavor atraviesa mis venas. "¡Chantilly!".

¿Habíamos dejado abierta la puerta trasera? Le gusta ladrar al gato de al lado, aunque creo que el gato es más grande que él. ¿Había aprovechado la oportunidad para perseguirlo?

Revisando la puerta, la encuentro cerrada, desde el interior. Entonces, no ha salido de esa manera.

Tragando saliva, llamo de nuevo. Mi voz tiembla antes de quebrarse.

Mamá sale, después de tomar su propio turno en la ducha y ponerse unos jeans y un suéter, con el cabello todavía húmedo. Mira alrededor del patio vacío.

Nuestro patio trasero no es grande, solo un cuadrado de césped bordeado por una valla de privacidad de madera de 5 pies, una esquina llena con una pequeña terraza en forma de triángulo, un largo bordeado con las azaleas marchitas. La puerta cerrada conduce al camino de entrada al costado de la casa.

"¿Cat? ¿Dónde está Chantilly?".

"No sé". Las lágrimas brotan. A mamá le encanta ese enano, y aunque no es mi animal favorito, ese honor está reservado para los koalas y los pandas, es difícil pensar en la posibilidad de que esté perdido, o algo peor.

"¡Chantilly!" Mamá llama, su voz estridente. Tal vez solo se esté escondiendo porque soy yo quien lo llama.

Kelly sale, con los ojos muy abiertos, con helado de chocolate untado en su mejilla. "¿Qué pasa?".

"Chantilly no viene". Mamá acecha el patio trasero, revisa la puerta y la azota contra el marco. Revisa debajo de la cubierta, donde la molestia regordeta no podría caber, moviendo los muebles de teca y la parrilla de acero inoxidable, como si el perro pudiera esconderse detrás de todo eso.

"¿A dónde fue cuando lo dejaste salir?" La voz de mamá está apagada. Ha metido la cabeza en el banco de almacenamiento en el que guardamos los cojines. No estoy segura de por qué está buscando allí.

"Las azaleas". ¿A dónde más podría ir? Mamá le grita por si él se salía al césped. Necesita esconder su mierda o no recibiría una golosina.

"¿Las azaleas?" Mamá saca la cabeza de los cojines y se arrodilla en la terraza.

Tomando un respiro y deslizando mi nariz mocosa a lo largo de mi manga, me acerco a los arbustos entrelazados, agachándome para apartar las ramas.

Nada.

Camino a un lado, moviendo las hojas y las ramas antes de mi nuevo lugar, el miedo se hace mayor cuanto más busco.

Todavía nada.

El último arbusto, con pétalos blancos amarillentos y rizados, es el más pequeño y denso, escondido en el rincón más alejado del jardín. Me hundo de rodillas en busca de un apalancamiento constante para empujar las gruesas extremidades a un lado.

Allí, acurrucado sobre pétalos blancos viejos y nuevos, buscando por todos lados como si Chantilly estuviera dormido por ahí. Sollozando, me arrastro, ignorando las ramitas que se rascan y las hojas que pican. Algo chapotea debajo de mis rodillas, empapándose en mis jeans. No me importa.

El cuerpo del perrito está frío, no puedo pensar en él como Chantilly, simplemente no puedo, pero aun no está rígido. Su pequeña nariz todavía está húmeda y metida entre sus patas.

Levantándolo, lo acuno contra mi pecho, saliendo de la maleza sobre mis rodillas y mi mano. Mamá se encuentra conmigo en el césped, de rodillas, alejándolo de mí, acariciando su pelaje.

Las lágrimas le caen por la barbilla, en silencio.

Kelly me rodea con un brazo y se inclina hacia mí. "Pobre cosa".

Pobrecito, de hecho. Murió solo bajo un maldito arbusto.

Encogiéndome de hombros del brazo de Kelly, entro en la casa, cerrando la puerta con tanta fuerza que rebota dos veces antes de cerrar.

Pobre cosa. Mamá llorando con su cuerpo muerto, cubierto de pelaje, abrazándolo como si fuera un recién nacido.

Pobrecito. Exceso   de peso. Sobrealimentado. Mimado y mimado.

Pobrecito. Cuidado tanto que se fue solo a morir en paz.

En mi habitación, cierro la Puerta con seguro. Mamá tiene una llave maestra, si le quiere la usa, así que no estoy segura de por qué me molesto. Pero se siente bien, como si hubiera bloqueado algo.

Algo que duele.

Un chillido se acumula en el interior, arañando mi garganta. Sin embargo, mi lengua es demasiado gruesa y torpe. No lo deja salir, entonces crece, ahí en mi pecho, doliendo, presionando, *atrapado*.

Cojo una almohada, las manchas del delineador de ojos marcan su funda blanca, y la golpeo contra mi cama, mi silla, mi escritorio. No hace mucho daño: estoy demasiado débil. Pero los papeles se desparraman, salen volando de mi escritorio y de los estantes. En algún lugar del desorden hay una buena copia de mi ensayo de solicitud de ingreso a la universidad y un ensayo de historia sobre la Primera Guerra Mundial que debía entregarse la semana pasada, pero mi pase por cáncer significa que tengo tiempo extra.

Dejo caer la almohada, cojo una sábana y leo: *¿Cómo quieres cambiar el mundo?* Lo rompo por la mitad y recojo otro, el sonido desgarrado ofrece una satisfacción que no esperaba.

Cojo otro, un sonido lo acompaña al romperlo, entonces algo golpea mi ventana.

Parpadeando, despejo la bruma de rabia y lágrimas. Es Jett.

Está encorvado debajo de la parte baja de la cresta del arrayán que recubre la delgada franja de césped entre nuestra casa y la del vecino. Mirando hacia adentro, con un gorro de lana tejido a rayas cubriendo su cabeza, señala la cerradura e imita un movimiento de apertura.

Mirándolo, trato de abrir la cerradura con mi mente. Seguramente la quimioterapia me ha dado un superpoder. ¿No es así como funciona en las películas? ¿Todo lo malo se compensa con algo bueno? Un chico puede ser ciego, pero ¿tiene un oído estupendo? ¿O no puede controlar su temperamento y se pone verde, pero es súper fuerte para salvar a la gente?

Mi destreza mental no está preparada para la tarea. Quizás el escritor perdió el memo; tal vez sea porque soy una chica, y se supone que las chicas deben verse bonitas.

Suspirando, dejo caer el papel y me arrastro hasta la ventana, usando el marco para levantarme y poder mover la pequeña palanca.

Jett empuja hacia arriba la ventana y ésta se abre un par de centímetros para que pueda meter los dedos debajo del marco y abrirla por completo. Se asoma por el hueco.

"¿Quieres que entre? ¿O quieres salir?".

OCHO

Después de agarrar un suéter y una sudadera con capucha, me arrastro por la ventana hasta los brazos de Jett. Aunque es la planta baja de la casa, tiene más de un metro altura desde el piso. Las inundaciones no son desconocidas por aquí, y después de que un par de huracanes azotaran la comunidad con bastante fuerza, nuestra compañía de seguros había insistido en que las casas se elevaran por encima del nivel de inundación de categoría uno.

Después de que me baja al suelo, dejándome deslizar por su cálida fuerza, Jett baja la ventana, dejándola casi cerrada.

"Entonces, podemos volver". Susurra, aunque dudo que alguien lo escuche si grita. O cuidado. La mayoría de nuestros vecinos se guardan para sí mismos.

Agachados, corremos a lo largo de la hilera de árboles, sin perder de vista la casa del vecino. Nada se mueve detrás de sus cortinas y respiro de nuevo cuando llegamos a la calle. El anochecer llega temprano; oscurecerá en una hora.

Tirando de mi mano, Jett me lleva a donde dejó la camioneta estacionada dos cuadras más allá.

"Sabes que papá no está".

"Tu mamá podría haberlo visto".

"Dudo que ella supiera que era tuya".

"Ella sabría que la camioneta no es de aquí".

La camioneta se encuentra, torcida contra la acera, el óxido se infiltra cada vez más en la pintura y el sellador.

"¿Cuándo vas a la vas a pintar?" Había elegido un rojo fuego rudo el otoño pasado y compró todas las latas necesarias. La última vez que las vi, estaban apiladas en la esquina del cochera de su casa.

Se encoge de hombros. "Me pondré manos a la obra. Necesitaré lijar el óxido nuevo y volver a poner el sellador".

Como su papá está en la Marina y hay una tienda de autos en la base con una cabina de pintura, lo harán ellos mismos. Jett me prometió que podría ir a verlo, pero eso fue antes de la ruptura y antes del linfoma.

La puerta del pasajero se atasca y necesito inclinar mi peso para ayudar a que se abra. "También necesitas engrasar las bisagras".

"Sí, sí, sí. Quejas, quejas, quejas". Jett cierra la puerta y se inclina para ayudarme a cerrar la mía.

Así de cerca, puedo ver la barba incipiente en su mandíbula que no pudo rasurar esta mañana por venir tarde. Se había dado una ducha; Puedo oler la frescura de su jabón.

El impulso de besarlo vuelve a brotar, y no importa cuánto intente evitarlo, las ganas no se quitarán.

No estoy segura de que Jett quiera besarme. Nos habíamos besado mucho y algo más, antes de la ruptura, y aparte de un beso en la mejilla o en la frente cuando me siento particularmente mal, sus labios no me han tocado desde entonces.

Centrándome por la ventana del pasajero, respiro y trato de pensar en otra cosa. La ruptura había dolido; Jett me había dicho que no creía que fuera bueno para nosotros seguir viéndonos. Que él quería enfocarse en su banda y yo necesitaba enfocarme en la escuela, para poder ingresar a una buena universidad como mi papá quería.

No había funcionado. Habíamos estado peleando; todos habíamos estado peleando. Papá había estado gritando. Mamá había estado parada en el fondo, retorciéndose las manos y diciéndome que usara condones y que no dejara que me lo metiera por atrás porque eso iba en contra de la naturaleza y el Papa nunca podría perdonarme.

Ahora, Jett se sienta en silencio, con las manos en el volante, el motor de la camioneta en silencio. Kelly me habló de Chantilly.

Me encojo de hombros.

"Lo siento".

Yo suspiro. "Lo sé".

"Realmente no odiaba a ese bobo". El comentario brusco de Jett me recuerda que los dos no se habían llevado bien. Chantilly incluso lo había mordido una vez, lo suficientemente fuerte como para sacarle sangre.

"Yo lo hice". Es difícil de admitir, pero fuerzo las palabras.

"No, no lo hiciste".

"No sabes de lo que estás hablando". Mi ira vuelve a burbujear. Es más fácil lidiar con la necesidad de gritarle que con la necesidad de besarlo, así que sigo. "Ese mestizo estaba podrido. Tenía su plato de cena elegante y su propia cama llena de plumas, aunque nunca durmió en ella".

Jett me mira, sus manos agarran el volante, la camioneta se estremece en el parque. "Escucha lo que estás diciendo".

"¿Escuchar? No necesito escuchar. Lo sé. Mi madre amaba a ese perro más que a mí".

Extiende una mano, colocándola sobre mi boca pero sin presionarla. "Cat".

Las lágrimas brotan. Chorros de mocos. Pero Jett no mueve la mano.

Sollozo y me alejo, pero él continua. No su mano sobre mi boca, sino todo su cuerpo. Se mueve y me arrastra por el asiento para poder rodearme con sus brazos. Enterrando mi cara en su pecho, lo dejé salir todo. Agarrando su camisa, lloro, me quejo y dejo que la ira se desvanezca.

NUEVE

No vamos a ningún lado, solo nos sentamos en el camión, esperando el atardecer temprano. Mi cabeza está en su hombro y él tiene un brazo alrededor de mí, el otro colgando de su ventana abierta. El humo de leña de la chimenea de alguien entra.

Cuando los policías pasan por segunda vez, Jett gira la llave de encendido y el motor vuelve a la vida gruñendo. Me desplazo al lado del pasajero y me abrocho el cinturón de seguridad, colocándolo en su lugar.

Las cortinas se agitan en una ventana al otro lado de la calle. El coche de la policía no es aleatorio.

"Toma", Jett me entrega su celular, "hazle saber a Kel dónde estás".

Es extraño informarle a mi hermana menor, pero si le digo a mamá, se asustará. Limpio mi mano húmeda y mocosa en mis jeans y tomo el teléfono, escribiendo un texto rápido, sin importarme los errores ortográficos, y lo envío al correo electrónico de Kelly. Su iPad le hará saber que tiene un nuevo mensaje mío. Si se lo envío a su teléfono, mamá podría verlo. No creo que mamá sepa que Kelly puede recibir correos electrónicos y mensajes de texto con el iPad.

Listo, coloqué el teléfono en el portavasos atornillado al piso debajo del tablero, apoyándolo sobre una pequeña serie de monedas. Con la pantalla frente a nosotros, está lo suficientemente apoyada, por lo que veremos la notificación si responde.

"¿Tienes hambre?" La voz de Jett gruñe, y me pregunto si está más molesto por Chantilly de lo que deja ver. Aunque no digo nada. Eso sería incómodo ahora.

Es tarde, después de mi hora habitual de cenar, y no tengo ganas de comer. Pero Jett podría no haber almorzado. A veces se le olvida, cuando está ocupado con la batería o escribiendo una canción nueva. O cuidándome.

"Puedo comer".

"Eso no es lo que pregunté". Jett me mira y luego mira hacia adelante de nuevo. El tráfico es intenso en Tidewater y los carriles son estrechos. Un imbécil en un mustang corre a través de los autos, zigzagueando como si estuviera en la autopista, o al menos en la I64. Jett maldice y gira hacia la acera. Me balanceo de lado a lado, agarrando la puerta.

Nos dirigimos al centro. Pero sé que se daría la vuelta y conduciría a donde yo quisiera.

"No tengo hambre". A veces, eso es lo mejor que puedo hacer. Cuando comer es más una tarea que un placer, el hambre es relativa.

"¿Qué tal si comemos postre? ¿Algo realmente bueno?".

La sugerencia atrae. "¿Algo de chocolate? ¿Quizás tarta de queso?"

Jett se ríe y enciende la luz intermitente, el diminuto tintineo constante en la cabina. Sé adónde decidió ir. Sabía adónde íbamos a ir tan pronto como dije "chocolate".

Al entrar en la interestatal, Jett mantiene la camioneta en el carril derecho. Vibra a más de 80 km/h, por lo que intenta no conducirla mucho más rápido. Una vez le pregunté, en broma, si perdió partes cuando tembló así. Simplemente se había encogido de hombros y me había sonreído, y todavía no estoy segura si eso fue un 'sí' o un reconocimiento de la broma.

Kelly envía un mensaje de texto con un 'ok', parpadea en la pantalla del teléfono celular. "Estamos listas".

"¿Qué le dirá tu mamá a tu papá?" Era casi la hora de su llamada nocturna.

"Todo sobre cómo dejé que Chantilly saliera por la puerta trasera y murió".

Suspira, pesado y áspero. "No fue tu culpa".

Sé que no lo fue, pero me siento culpable de todos modos. ¿Me había perdido una pista de que estaba enfermo? ¿Había estado tan envuelta en mi propia enfermedad que había echado de menos la suya?

Es una oscuridad arrolladora que desciende sobre mí. La cabina de la camioneta también está oscura, solo la tenue luz verde del velocímetro acentúa el perfil de Jett.

Todavía lleva el gorro de lana. Miro todos los colores y la oscuridad se aclara un poco.

"¿Qué pasa con las rayas?" No es un tipo de persona use ropa rayada. No lo recuerdo vistiendo mucho más que negro. Y las cintas de lima.

"La abuela lo tejió. Yo también tengo uno para ti". Extiende la mano para abrir la guantera frente a mí, la camioneta se desvía un poco cuando el volante sigue su movimiento, y el espacio abierto es aún más negro que la oscuridad. Revuelve con los dedos y saca una gran bolsa de plástico con algo dentro. "Aquí".

El hilo es suave contra mis dedos. Estirándolo sobre mi cabeza, se amolda a mi cráneo, cálido, antes de hundirse para colgar en la espalda. "Gracias".

"Tendrás que agradecerle a mi abuela. Ella lo tejió".

"¿Cuándo la veré?" Es una pregunta retórica. Sus padres son militares divorciados. Creo que su papá trajo a su mamá aquí desde la costa oeste y ella regresó después del divorcio. No creo que haya ninguna otra familia cerca.

"Ella viene aquí para Acción de Gracias".

"¿Aquí?".

Jett resopla. "No es el otro tipo de 'venida'".

Esquiva mi bofetada y ambos nos reímos. Es lo más parecido que hemos tenido a una conversación sobre sexo y una chispa se enciende en el estómago. Habíamos tenido sexo cuando salimos. No todo el tiempo, pero lo suficiente para recordar cómo se sentía. Tomo un respiro y trato de apagar esa pequeña chispa antes de avergonzarme porque era solo una broma.

"No deberías hablar así de tu abuela".

"Yo no lo hice, tú lo hiciste". La voz de Jett es confusa, tal vez por reírse.

Lo golpeo de nuevo, acomodándome en mi asiento, el sombrero de su abuela abrazando mi cabeza. Las luces blancas pasan rápidamente, las luces rojas también. Pero no tenemos mucho más por recorrer.

La pequeña pastelería que es nuestro destino se encuentra en un centro comercial cerca de Oceana. Cuando salimos de la autopista, perdemos las luces y los autos a toda velocidad. La estación aérea de la Armada está en el país de los caballos, aunque no tan aislada como probablemente debería estar.

"Nunca venimos aquí a montar a caballo". El comentario de Jett apuñala. Ese había sido otro plan de antes de la ruptura.

"Hay muchas cosas que nunca hicimos". Como celebrar mi cumpleaños número 18 con una bebida ilegal y sexo en la playa. Conducir hasta Nags Head sin nuestros padres. Tener más sexo en la playa.

Tener más períodos de sexo. Recuerdo la vez en la casa del árbol en el patio trasero de su vecino cuando casi habíamos recorrido todo el camino por primera vez y luego su papá salió por la puerta trasera gritando que la mamá de Jett estaba hablando por teléfono.

También habíamos roto por el sexo, según una serie de rumores.

Mamá había dicho que debería alegrarme de haber terminado antes de 'regalárselo a un perdedor como ese'. Nunca le dije que ya se lo había regalado.

Papá no había dicho nada. No es que le hubiera hablado de la casa del árbol. O debajo de las gradas. O en cualquier otro momento que lo hubiera hecho.

Mis dos padres piensan, eso creo, que todavía soy virgen, intacta por la grosería de la intimidad hombre-mujer.

El director Mackinney no me había atrapado, pero había atrapado a Jett. Con los pantalones abajo, o al menos desabrochados. Aunque el director pensó que Jett lo había estado haciendo solo, aunque lo había expulsado durante tres días.

Hacer que Jett pierda dos exámenes.

La mayoría de la gente piensa que la ruptura se debió a que había estado debajo de las gradas con otra chica y que yo me enteré. Después de todo, yo era una 'buena chica' y no habría estado haciendo algo así. No allí de todos modos. La expulsión había llevado a Jett a obtener malas calificaciones y a abandonar la escuela.

Pero nunca dijo nada sobre la verdad.

Y yo tampoco.

Algo húmedo y pesado llena mi estómago, sofocando la chispa. Realmente debería haberlo apoyado, pero había sido fácil asentir y alejarme.

Jett hace girar la camioneta hacia el pequeño estacionamiento y se detiene en el espacio para discapacitados.

"No traemos mi marbete".

"¿Entonces? Ella lo sabe".

"El policía que escribe la multa no lo hará".

"¿Quieres aquí?" Asiente con la cabeza hacia la puerta en frente de la camioneta y al interior bien iluminado de la tienda.

"Puedo caminar. No soy un inválido, sabes".

"Mierda". Jett lanza la camioneta en reversa, dando un tirón con la violencia, retrocede y se dirige hasta el último lugar disponible al final del estacionamiento, montando la rueda delantera sobre la acera que bordea el final del lote. Nos bajamos y algo cruje debajo del guardabarros.

No me gusta que mamá tenga el cartel de discapacitados que cuelga del espejo retrovisor y lo usa cada vez que vamos a algún lado. Incluso ahora, cuando estoy bien, excepto por vomitar y no comer, ella lo saca cuando estoy en el auto con ella. La gente mira fijamente y susurra y me imagino lo que están diciendo: está fingiendo, no necesita ese lugar, maldita ventajista por su enfermedad.

Al salir, me encuentro con Jett. Corrió por la parte de atrás para ayudarme con la puerta. Cruzando los ojos hacia él, saco la lengua y cierro la puerta de golpe. No se cierra del todo, y la empujo, dando un paso atrás para dejar que la desatore de nuevo y vuelva a cerrarla con más fuerza para que se cierre por completo.

Toma mi mano, sus dedos húmedos y calientes y me guía por el andador. La luz se derrama del letrero de neón de la tabaquería al final y la luz de seguridad de la tienda de segunda mano que se encuentra entre ella y nuestro destino.

La pastelería huele a azúcar, mantequilla y canela. Mirando fijamente la amplia caja de vidrio, reconsidero mi tarta de queso de chocolate: hay bollos frescos en exhibición. Señalo. "Quiero uno de esos".

Los rollos de canela son gordos y calientes, y el glaseado es pegajoso y espeso. Hay nueces, ¿nueces pacanas? - en la sustancia pegajosa.

"¿Quieres un poco de glaseado de queso crema rociado encima? Gratis para ti". Elise, la propietaria, trabaja en la caja registradora. Ella sonríe y registra mi orden.

Elise tiene el pelo rojo brillante, con largos rizos rojos esta noche, pero no creo que sea natural, ni el color ni los rizos. Es demasiado rojo, si sabes a qué me refiero. Los rizos demasiado perfectamente formados. Se ven bien en ella, va con su tono de piel y color de ojos, por lo que podría ser un tinte natural, solo de un tono más pálido. Viste una larga túnica verde con adornos dorados y leggings negros con botas Ugg grises. Aunque me imagino que tiene al menos sesenta años, no se viste así. O actúa como tal.

"Seguro". Se me hace agua la boca, el estómago ruge avisando.

Pide dos cafés sin preguntar; hemos estado aquí demasiadas veces para preguntar, así que sabe exactamente qué pediremos para beber. Me entregó las tazas blancas muy usadas y señaló las ollas a lo largo de la pared. "Acaban de terminar de prepararlo".

Lleno las tazas de las urnas que esperan, el aroma es rico y a nuez. Le agrego crema y azúcar a la mía y solo crema a Jett's antes de sentarme en una mesa en la esquina. Estamos solos en la tienda. La mayoría de la gente se detiene y compra para llevar a casa o para llevar al trabajo si es de mañana. Elise también hace pasteles y le he dicho a mamá que quiero que ella haga mi pastel de graduación.

Jett se para en el mostrador, con las manos en las caderas, caminando de un lado a otro. Tarda una eternidad en tomar una decisión. Y probablemente lo cambiará tres veces antes de que Elise cierre la cuenta final.

Finalmente, Jett paga y lleva los platos: mi bollo pegajoso y una rebanada alta de pastel de chocolate triple.

"No vi el pastel". Frunciendo el ceño, miro su plato.

Él se ríe. "No viste nada más allá de tu nariz oliendo esos bollos".

Comemos despacio, probando las delicias de los demás. Por un momento, es como antes de la ruptura, y anhelo la seguridad de esa relación.

"¿Jett?" Trago un poco de café para despejar el camino a mis palabras. "¿Qué somos?".

Mirándome desde el otro lado de la mesa, extiende una mano y toma mis dedos entre los suyos. "¿Qué quieres que seamos?".

Las palabras fallan. ¿Puedo decirle que lo quiero de vuelta? ¿Es justo? Después de todo, aunque soy mejor de lo que era, sigo enferma. Podría empeorar. Yo podría morir.

Y fui yo quien nos dejó romper. Lo había dejado caer, y fue una caída larga, en lugar de siquiera intentar atraparlo. Demonios, ni siquiera había sacado una almohada, así que no dolía tanto.

¿Y si lo que yo quiero no es lo que él quiere? Si todo lo que quiere es ser un amigo en los malos tiempos por los viejos tiempos, y yo digo que quiero más, ¿se marchará? No creo que pueda superar esto sin él.

"Porque quiero que estemos juntos". Jett habla a través de mi silencio. Sus dedos agarran los míos, apretando el dolor. Pero el dolor en mi mano no es nada comparado con el dolor en sus ojos. "No quiero perderte para siempre".

Mis dedos se contraen, ansiosos por alejarme. No puedo darle un para siempre, no ahora. "Jett, no puedo-".

"Lo sé. Aceptaré el ahora. Aceptaré ser tu novio o tu amigo o simplemente el tipo que lleva tus libros a la escuela porque estás enferma, lo que sea. Sin presión". Su agarre se relaja y espera, sus dedos ahora están sueltos alrededor de los míos.

Miro nuestras manos. ¿Qué quiero? Por primera vez desde el verano y esa primera semana larga en el hospital llena de pruebas y ese terrible diagnóstico, me permito pensar en lo que quiero en lugar de en lo que necesito.

Porque sé que necesito a Jett. Como amigo y confidente. Como alguien que me ayude a pasar el día escolar. Para ayudarme a no pensar en lo que me depara el futuro.

Y quiero más. Abrazos y besos. Quizás incluso más que eso.

No quiero la muerte. Nadie quiere eso. A menos que su cáncer esté causando mucho dolor y sufrimiento. Sé que lo tengo fácil en ese sentido. He aceptado la muerte como una posibilidad, pero eso es diferente.

Al final del año, quiero graduarme, pero no necesito ser sobresaliente para eso, no importa lo que piense papá. Tampoco necesito una 'A' para la universidad. Mi consejero en la escuela me dijo que una universidad vería mis calificaciones, pero también consideraría por lo que tuve que pasar para obtenerlas. Tenía a la ODU; ya me habían ofrecido dinero siempre que me graduara con esas Bs.

Y quiero remar, pero eso también puede venir más tarde. Simplemente estar en el agua había sido divertido y relajante a su manera, a pesar del frío. Me había demostrado que el hecho de que no pudiera hacerlo ahora no significaba que nunca lo volvería a hacer.

Girando mi mano, entrelazo mis dedos con los de Jett. Se relaja, una suave sonrisa que adorna sus labios.

Quiero besarlo, ahora mismo. Quiero hacer algo más que besarlo, pero este no es el lugar. Aunque dudo que a Elise le importe. Probablemente ella lo alentaría, aplaudiendo y animándonos.

"Bueno, *novio*", me inclino hacia adelante y muevo mis cejas inexistentes, "¿qué debemos hacer con el resto de nuestra noche?"

Su sonrisa crece hasta dividir su rostro, ahuyentando la oscuridad en sus ojos. Toma el último bocado de su pastel de chocolate, lamiendo lo último del glaseado de su tenedor con la lengua. Sé que no quiere que sea excitante, pero lo es.

Termino mi bollo pegajoso, sintiéndome mejor de lo que me he sentido por un tiempo. El cáncer todavía está ahí, y todavía tengo rondas de quimioterapia y resonancias magnéticas en el futuro, pero siento que también hay cosas buenas esperándome.

DIEZ

Es medianoche cuando Jett detiene el Jeep frente a mi casa. La luz exterior delantera está encendida y el tenue brillo de la luz de la cocina se filtra a través del marco de las ventanas. El resto de la casa está oscuro, incluso lúgubre.

Jett golpea el volante con los dedos, la camioneta detenida salta cada cinco vueltas por el frío. "¿Tienes tu llave?".

"No. Pero no voy a pasar por la puerta principal. Voy a entrar por la ventana". Sonrío de satisfacción por la forma en que sus ojos se abren de par en par y hace una mueca de dolor.

"Mierda". Él da un tirón a la llave para detener el motor, y protesta por el movimiento con un hipo y un gemido. Apagando los faros, abre la puerta con un suspiro áspero. "Me olvidé de eso".

Riendo, salto y me encuentro con él en el parachoques trasero inclinado. Es bueno verlo nervioso para variar. Estiro mi rostro y él me besa, su lengua recorre mis labios. Si lo dejo, podríamos quedarnos aquí hablando francés hasta la mañana.

Rompo el beso con un largo suspiro y nos merodeamos por el costado de la casa, asustando al gato del vecino para que maulle y salte a una campana de viento olvidada, el tintineo de metal contra metal se deja escuchar.

La ventana todavía está entreabierta, por lo que Jett mete los dedos debajo y tira hacia arriba. Me empuja hasta el borde, pero me impide subir con un beso áspero.

"Te quiero". Amortigua las palabras en mi cuello, hundiendo su nariz en el pliegue de mi hombro. "Despierta mañana, ¿de acuerdo?"

Realmente tiene miedo de que me muera. La duda me atraviesa. ¿Qué tal si muero?

"Lo haré lo mejor que pueda". Le devuelvo el beso, comenzando por su oreja y moviéndome a lo largo de su mandíbula.

Yo no digo 'te amo' de vuelta. No puedo. Mamá diría que soy demasiado joven. Papá diría que soy demasiado estúpida.

No lo digo porque tengo demasiado miedo.

¿Es esto bueno para compensar lo malo? Si es así, es demasiado bueno y algo peor vendrá para nivelarlo. Y en mi caso, más mal podría ser horrible. Incluso fatal.

"Nos vemos el lunes". Susurro contra sus labios. Mañana es domingo, iglesia y cena familiar en un restaurante, y luego juegos en la mesa hasta la cama.

Tradición.

"Entonces despierta el lunes también".

Y se ha ido, sin esperar mi promesa de hacer mi mejor esfuerzo. ¿Se habría quedado si hubiera dicho las palabras adecuadas?

¿Qué es el amor, de todos modos? ¿Soy demasiado joven? ¿Demasiado inocente?

¿Importó? ¿Era el amor ahora tan diferente del amor más adelante? Si el amor más adelante es lo que tienen mis padres, creo que aceptaré el amor ahora.

Entro en mi habitación y cierro la ventana, empujando la palanca hacia atrás para bloquearla. Desnudándome en la oscuridad, recuerdo cómo se habían sentido los labios de Jett, lo fuertes que eran sus brazos alrededor de mi cintura, sus dedos presionando. Era una señal de que vendrían más, de que volveríamos a tener intimidad.

Podríamos haberla tenido esta noche, pero no estábamos preparados. Estoy segura de que lo estaremos la próxima vez. Siempre se aseguraba de que ambos estuviéramos protegidos.

Quizás compre mi propia caja de condones.

Congelándome con mis bragas medio empujadas al suelo, me quedo helado. Tal vez debería preguntarle a mi oncólogo si estaba bien tener relaciones sexuales. ¿Me importaría si me lastimara? En ese momento, no estoy segura. Si fuera mi última oportunidad de tener intimidad con una persona, con Jett, ¿no debería tomarla y al diablo con las consecuencias? Si amo a Jett, y podría hacerlo, ¿no debería hacer nada por eso?

Pero me importa si eso podría lastimar a Jett. Había tenido más quimioterapia que sangre en mí cuatro veces. ¿Realmente se ha ido de mi sistema? ¿O todavía está al acecho?

Quiero decir, en el hospital, mi orina es un peligro biológico. Los visitantes no pueden usar el baño de mi habitación cuando estoy en el hospital para recibir quimioterapia porque mi cuerpo está eliminando todos los productos químicos con los que lo habían llenado.

Realmente nunca había pensado en lo que mi recuperación podría hacerles a mis amigos, a mi familia. ¿Los químicos de mi cuerpo habían matado a Chantilly de alguna manera? Me lamió lo suficiente cuando se lo dejé. ¿Había lamido productos químicos? Su pequeño cuerpo probablemente no podría soportar mucho.

Después de todo, esos químicos mataron a las células y no pudieron distinguir las células buenas de las malas. Todavía tenía muchas más células buenas que células malas, y la quimioterapia estaba racionada para que funcionara perfectamente en mí. Pero, ¿qué pasa con algo tan pequeño, sin células malas que matar?

Los médicos me habían explicado todos los efectos secundarios del medicamento: caída del cabello, náuseas y vómitos, reacciones alérgicas, afibrilación, boca seca y llagas en la lengua.

Me habían dicho que la quimioterapia iba a matar las células cancerosas, pero también otras células, pero que esas otras células volverían a crecer porque mi cuerpo tenía un plan para ellas. Que la quimioterapia no pudo identificar solo el linfoma. No había una quimioterapia que pudiera hacer eso. Y realmente tuvieron que cargarme, forzando la quimioterapia en cada parte de mi cuerpo, en todos los lugares donde había estado mi sangre.

Pero todo lo que les dijeron a mis visitantes fue 'no usen el baño'.

Las enfermeras usaban máscaras y guantes y ropa protectora de color amarillo chillón cuando manipulaban las bolsas de metotrexato. No harían eso a menos que fuera peligroso, ¿verdad?

Mi ducha es rápida. Solo enjabonar mi cuerpo y dejar que el agua lo lave todo y se vaya por el desagüe. No es necesario afeitarse.

Me paro frente al espejo y miro mi cuerpo, realmente lo miro. Todavía no lo he hecho, en realidad no. No así, examinándolo desde todos los ángulos en el espejo, con la luz encendida. He estado demasiado asustada. Mis huesos sobresalen de mis caderas y hombros. Mis pechos pequeños se ven más grandes, pero solo porque el resto de mí se ve más pequeño.

Mi cuerpo parece el de una niña; todos los ángulos y sin pelo. Esto no es lo que parece una chica normal de dieciocho años.

¿Cómo podría Jett sentirse atraído por esto?

En ese momento, por primera vez, de verdad odio mi cáncer. Oh, quería que se fuera, quería curarme. Pero en realidad, fue solo un retraso, un resfriado prolongado en el que la medicina es casi tan mala como la enfermedad.

Pero ahora, pensando en lo que me estoy perdiendo, lo que podría tener con Jett, si no tuviera el cáncer, lo odio.

ONCE

El domingo por la mañana, me despierto tarde, con un cuerpo cálido presionando a mi costado. Por un momento, creo que es Jett, hasta que mi cerebro se activa y recuerdo que me dejó en la ventana.

Volviendo la cabeza, encuentro a mamá dormida en la otra almohada, con la cara manchada de maquillaje y el cabello oscuro enredado. Lleva su ropa de ayer, los jeans y el suéter que llevaba cuando encontramos a Chantilly.

Y eso no es tan normal para mi madre. Nunca la he visto dormir con su ropa.

"¿Mamá?".

Y han pasado años desde que mamá y yo dormimos en la misma cama. No desde el preescolar, cuando las pesadillas de la infancia me habían perseguido hasta el dormitorio de mis padres. Eso fue todo antes de que llegara Kelly.

Ella se mueve, sus ojos se abren, parpadeando hacia mí. "Estás en casa".

"Sí". Es obvio que estoy en casa, estoy a su lado, pero no quiero comenzar una pelea. No si tengo que pasar todo el día con ella. Especialmente no si sabía que no estaba en casa anoche.

"Estaba preocupada cuando encontré tu puerta cerrada y no respondiste". Su voz ronca, como si tuviera un resfriado.

"Salí por la ventana". ¿Qué demonios? Una pelea sería normal, y ahora mismo me vendría bien un poco de normalidad de ella. Vamos a poner un poco de lápiz labial, ¿eh?

"Kelly dijo que habías salido con Jett".

¡Maldita sea! Y pensé que podía confiar en la pequeña soplona.

"Te visitó en el hospital". La voz de mamá es plana, como las palabras digitales de un sistema de contestador electrónico. Y ella simplemente se queda ahí, con la cabeza en la almohada, los ojos parpadeando como si quisiera mirar otra cosa pero no lo hará.

"Sí, lo hizo. Él fue quien me ayudó a afeitarme la cabeza. También se afeitó la suya propia".

Ella asiente de lado, untando más maquillaje en la funda de mi almohada. Entre las dos, necesitaré sábanas completamente nuevas.

"El director Mackinney dice que Jett te ha estado ayudando en la escuela".

Me encojo de hombros y me acurruco en mi almohada, rodeando con los brazos su puff. Quizás esto anormal no sea tan malo.

Nos quedamos allí, en silencio, hasta que oímos pasos en el pasillo y el inodoro. Kelly llama a mi puerta. "¿Cat?".

"Venga". Mi voz es un ronquido matutino.

La puerta se abre y Kelly la rodea, deteniéndose a mitad del camino cuando ve a mamá.

Mamá se sienta, acaricia la cama a su lado, y Kelly entra arrastrando los pies para sentarse. "Tengo una idea. Vámonos a mi habitación y veamos una película o dos. Podemos desayunar en la cama". Ella hace que su voz sea optimista, como si estuviera presentando un programa de juegos y describiendo el gran premio.

"¿Qué hay de la iglesia?" Kelly mira a mamá como si no estuviera segura de a quién está mirando.

No puedo culparla. En este momento, lo que está sucediendo en mi habitación me recuerda a un episodio de "La dimension desconocida".

Nunca, nunca escuché a mi madre sugerir que faltemos a la iglesia. Ella es una buena chica católica, criándonos a Kelly y a mí para que también seamos buenas chicas católicas.

Extendiendo la mano, presiono el dorso de mi dedo contra su frente, comprobando si hay calor y humedad. No hay ninguno. "¿Estás bien, mamá?".

Ella asiente, pasando un brazo alrededor de mí para acercarme, luego arrastra a Kelly hacia el abrazo con su otro brazo. "Estoy bien. Quizás mejor de lo que he estado en mucho tiempo".

DOCE

Mamá hace panqueques con una mezcla que encuentra en la alacena. Los primeros que salen de la plancha terminan un poco planos y un poco demasiado oscuros en los bordes. A pesar de que son integrales, ya sabes, *más saludables*, ella comienza una conferencia sobre carbohidratos.

"Mamá". Kelly inclina la cabeza hacia un lado. "Es domingo. Hoy estás fuera de tu dieta".

De pie en la barra, batidora en mano, la masa espesa goteando en el tazón, mamá parpadea. "Okey".

Kelly agarra la miel y la leche del refrigerador y me mira con los ojos en blanco.

Aguanto mi risita y saco tres platos del armario y utensilios del cajón. "¿Quieres poner algunas arándanos encima?

"Ooh, eso suena bien". Mamá echa más masa en la sartén.

Como Kelly está más cerca de la nevera, saca la caja de arándanos del estante inferior y la coloca junto a la miel. "¿Mantequilla?".

Mamá jadea en la estufa y se da vuelta.

No puedo contener mi risa en este momento y asentir. "Me gustaría un poco en el mío".

"¡Cat!".

"¡Mamá!" Riendo, abro los arándanos y me meto uno en la boca, el jugo agridulce afilado en mi lengua. "Es solo un poco de mantequilla. ¡No me matará!".

Ella me mira fijamente por un momento, luego se vuelve hacia el sartén para darle la vuelta a los panqueques. "Bien. En ese caso, hay chispas de chocolate negro en la parte superior del gabinete sobre el microondas".

Kelly arrastra el taburete fuera de la despensa y lo coloca, hurgando en el armario. "También hay un pedazo de mini Snickers aquí".

Mamá se ríe. "Sin embargo, no los necesitamos para el desayuno".

Bajando la bolsa de patatas fritas caras, Kelly niega con la cabeza, abriendo la bolsa para echar un puñado en la palma de su mano antes de tirárselas a la boca. "Nunca lo hubiera adivinado".

Mamá se encoge de hombros y pone los panqueques dorados en un plato y se los entrega.

Kelly lo toma, esparciendo el resto del chocolate de su mano encima. "Nunca pensé que viviría para ver el día".

Tomo el otro plato, metiendo mis pedacitos de chocolate entre los dos panqueques para que se derrita. Tomaré esta versión de mamá cualquier día.

Llevamos nuestros platos, llenos de panqueques, mantequilla, almíbar y bayas, y chocolate, incluida la bolsa como refrigerio adicional, al dormitorio, y mamá decide que necesitamos toallas para mantener lo pegajoso fuera de la colcha de gamuza gris pardo.

No estoy segura de lo que hará mi estómago con toda la comida en mi plato, pero qué diablos, ¿verdad? Es un día para vivir lo mejor que puedo, y hoy eso significa chocolate, arándanos y mantequilla.

Nos acomodamos en la cama, con las toallas sobre el regazo, la televisión sintonizada en Cartoon Network y miramos Bob Esponja durante tres horas seguidas, riéndonos lo suficiente como para que Kelly se caiga de la cama. Se trata menos del programa y más de las preguntas que mamá hace sobre los personajes y por qué son, bueno, como son. Nunca me di cuenta de que mamá nunca había visto un episodio antes.

Ha pasado mucho tiempo desde que me reí tanto con mi familia. Es agradable: por un tiempo me olvido del cáncer y del perro y de la escuela y de la universidad y de Jett.

En el fregadero, enjuagando los platos para que mamá los ponga en el lavavajillas, echo de menos a Chantilly. Por lo general, se lanza alrededor de nuestros pies, estorbando y haciendo el ruido que harían diez perros.

"Siento lo de Chantilly". Mi voz se quiebra y mamá se detiene a mitad de la curva, mirándome. Hay lágrimas en sus ojos y su nariz comienza a ponerse rosa.

Hace un escándalo poniendo el último plato en el estante y cierra la puerta. "No fue tu culpa, Cat".

"Lo sé". Mis propias lágrimas brotan de mis ojos.

"Estaba enfermo, cariño. El veterinario dijo que no tenía mucho tiempo la última vez que lo llevé a su chequeo".

"No lo sabía".

"No quería que te preocuparas". Mamá se vuelve, las lágrimas le caen por la barbilla. "El grupo de apoyo dijo que no debería hacer que te preocupes. O decirte malas noticias".

Mirando fijamente, mis propias lágrimas caen por mi rostro, quiero gritar pero no lo hago. "Mamá, ¿cómo me ayudará eso?".

"No lo sé. El grupo dijo-" Mamá suspira y niega con la cabeza. "Supongo que debería habértelo dicho".

"Sí. Puede que lo haya tratado, no sé, tal vez lo haya tratado de manera diferente. Mejor".

"¿Cómo es eso?" Mamá deja caer una pestaña de la lavadora en la ranura y cierra el lavavajillas con la cadera. "Siempre fuiste amable con él, acariciándolo y dándole golosinas a escondidas".

"Tal vez no debería haberle dado golosinas a escondidas". No puedo admitir todos los pensamientos horribles que tuve sobre el pobre perro. Especialmente no a mamá. No ahora.

Los buenos católicos *nunca* hablan mal de los muertos. Incluso el perrito muerto.

"Dudo que algunas golosinas lo hayan hecho". Mamá me da una palmada en el hombro y me besa en la mejilla. "Estaba viejo, cariño. Era su momento. Al menos estaba en las azaleas. Le encantaba revolcarse bajo esos arbustos".

Asiento, huelo y le doy un golpe a la última lágrima que gotea por mi barbilla. "No pensé que lo extrañaría tanto".

Ella aprieta mi brazo. "Lo hemos tenido durante mucho tiempo. Era parte de la familia, a pesar de que era un dolor de cabeza la mayor parte del tiempo". Mamá se ríe. "¿Qué, no crees que lo sabía? Amaba a Chantilly, pero él siempre estaba pisándome los talones. Creo que hacia el final, se sintió más seguro cerca de mí".

Respiro hondo, me froto los ojos y pongo el almíbar y el último de los arándanos en la nevera. Dándome la vuelta, no puedo evitar abrazar mi cintura. Me duele el estómago, pero no por la comida. "¿Dónde está él, bueno, su cuerpo, ahora?"-

"Lo llevé al veterinario. Lo llevará al crematorio. Mañana recogeré el certificado y sus cenizas".

"¿Cenizas?".

"Sí". Mamá se recuesta contra la mesa. "En una urna".

"Okey".

Mamá se endereza y aplaude, como solían hacer mis maestros de primaria para llamar la atención de todos. "Pensemos en otra cosa, ¿eh? ¿Qué quieres hacer esta tarde?".

¿Esta tarde? No había estado pensando en eso. No había pensado mucho en nada más allá del desayuno y no ir a la iglesia. Los domingos siempre estaban así planeados; es un poco difícil considerar hacer otra cosa que no sea la tradición.

"Ooh, ooh. ¿Podemos ir al centro comercial?" Kelly está en la puerta, con las mejillas rosadas, los ojos un poco húmedos y sospecho que había estado escuchando. Aunque no estoy enojada. Es bueno saber que tiene la noticia sobre Chantilly y las próximas cenizas.

"¿Hay algo que necesites?" Mamá levanta una ceja a Kelly.

"Sí, el próximo libro de EG Gaddess está en su serie, y quiero leerlo. Amy me dejó prestada su copia del primero, pero no quiero esperar al segundo".

"Está bien. ¿Qué piensas, Cat?".

Pensé en mi ropa holgada. "Claro. Siempre y cuando podamos comprar un poco de ropa. No quiero una peluca", quiero asegurarme de que mamá entienda esto, "pero me vendría bien algo de ropa que me quede".

Mamá sonríe y mueve sus manos alrededor de su cabeza. Uno pensaría que le acaban de decir que ganó la lotería. "Podemos cenar fuera, en el área de comidas. De esa manera todos podemos pedir lo que queramos. Vayan a lavarse la cara y pongámonos en marcha. Se llenará de gente más tarde, incluso si es domingo".

Es extraño, pero estoy emocionada de pasar tiempo con mamá y Kelly, lo cual es diferente para mí. Esto realmente se está convirtiendo en una celebración del día de las niñas.

Lo que también me entristece; no deberíamos estar celebrando nada el día después de la muerte de nuestro perro.

TRECE

No hay mucha gente en el centro comercial cuando llegamos allí, pero solo es el mediodía de un domingo por la mañana y la mayoría todavía está en la cama o en la iglesia o simplemente está saliendo de la iglesia. Algunas de las tiendas aún no están abiertas. Pero significa que tenemos un buen lugar para estacionar, sin tener que usar mi etiqueta de discapacidad.

Kelly corre hacia adelante mientras mamá y yo caminamos detrás. Ella está saltando y actuando como una niña. Es vergonzoso, pero no tengo que preocuparme de que alguien de la escuela nos vea. Son parte de la población que aún duerme.

Hace frío en el centro comercial, pero he aprendido a vestirme en capas, así que mientras me quito el abrigo y lo guardan en un casillero con el de mamá y Kelly, tengo mi sudadera con capucha. Es de la tripulación y tiene dos remos cruzados amarillos en la parte de atrás con mi apellido en la parte delantera izquierda del pecho.

Mamá lo mira un momento, pero no dice nada. No creo que Kelly ni siquiera se dé cuenta, está saltando hacia adelante, apuntando a la librería.

"¿Qué tal un bocadillo antes de empezar a comprar?" Mamá puede ser inteligente; una vez que tenemos a Kelly en una librería, es muy difícil sacarla. Es como si le crecieran raíces, o le saliera pegamento de las suelas de sus zapatos. Ella se convierte en un objeto inamovible.

"Pero no hay nada abierto todavía".

Eso no es del todo cierto, pero dudo que mamá nos deje comer hamburguesas y papas fritas.

"Podemos tomar un yogur helado". Mamá señala el puesto de yogur helado que se encuentra solo en el medio del nivel superior del centro comercial.

"Eso es, como, postre". Kelly mira a mamá.

"Es yogur. El yogur puede ser saludable". Mamá levanta la nariz, solo un poco. Creo que está tratando de hacer que todo el día sea un placer.

"¿Quieres yogur?" Kelly se vuelve hacia mí, arqueando una ceja.

Me encojo de hombros. "Claro, ¿por qué no? No hay mucho más abierto en este momento. Y tengo un poco de hambre".

Eso es todo lo que se necesita y estamos parados en el mostrador, Kelly aprovecha al máximo la oportunidad al conseguir crema batida, chispas de chocolate, ositos de goma y crujiente de maní encima de su golosina congelada. Mamá obtiene chocolate simple, derrochando cerezas en almíbar encima. Consigo fresas, pero sigo la ruta Kelly, con chispas, crema batida y hojuelas de coco tostadas.

Caminamos y comemos al mismo tiempo, dejando que Kelly lidere una ruta menos que serpenteante hacia la librería. Para cuando los trabajadores suben las puertas de seguridad para abrir la tienda, Kelly ha terminado con su golosina y tiene la nariz presionada contra el vidrio como si fuera una tienda de dulces.

"Vamos". Kelly arrastra el brazo de mamá y me río por la mirada de mama, tiene los ojos bien abiertos.

"Ha pasado un tiempo desde que trajiste a Kelly a la librería, ¿eh?" Era yo antes de enfermarme, y desde, bueno, ¿tal vez ha pasado un tiempo desde que Kelly siquiera estuviera en una librería?

"Ooh, ahí está. Al final". Kelly señala con un dedo al final de una línea de estantes y ahí está el que quiere, un gran girasol ardiendo sobre un fondo negro saltando hacia nosotros desde la portada.

"¿Se trata de un girasol?" Mamá mira como si el libro pudiera morderla.

"No tontita". Kelly tiene una copia presionada contra su pecho; Creo que podría desmayarse. "El personaje principal simplemente las ama".

"Pensé que se trataba de vampiros" Hay otros libros del autor en exhibición, así que tomo uno para leer el reverso.

"No son solo vampiros. Y ellos son los malos, de todos modos, así que no los ponen en la portada". Kelly me arrebata el libro de la mano y lo vuelve a poner en el estante. "Ese es el segundo de la serie. Este es el primero".

Este tiene una gran pera en el frente, acunada en un par de manos. "¿Qué pasa con la pera?".

"El personaje principal y su amigo solían recogerlos de un peral y hacer concursos de lanzamiento. Ahora, no puede comer peras". Kelly mientras hojea desde detrás de las páginas de su libro; ya lleva tres páginas. "Tengo ése en casa si quieres leerlo".

Dejé el libro en el estante. "Tal vez. ¿Puedo llevarlo al hospital conmigo?" Tendré mucho tiempo mientras pueda permanecer despierta. Y cualquier cosa es mejor que un cable de mierda.

"Siempre y cuando me lo regreses, seguro". Kelly me mira por encima del libro, una oscuridad invade su mirada. No debería haber mencionado el hospital.

"Bueno", mamá nos abraza con un brazo a cada una de nosotras, acercándonos, "echemos un vistazo y veamos si Forever 21 está abierto para que podamos ir de compras de verdad".

Kelly pone los ojos en blanco, pero se arrastra detrás de nosotras hacia el mostrador, solo sosteniendo el libro, dirigiéndose al cajero, cuando es hora de pagar. Ella nos sigue de cerca cuando nos vamos, con la nariz en el libro, leyendo, agarrando con una mano la capucha de mi suéter, para que no la perdamos. Dudo que esté tan interesada en mirar ropa.

Y no lo está, así que mamá la deja sentarse en un banco donde todavía puede verla, mientras los dos buscamos en los estantes algo que me quede bien. Encontramos un par de botines que parecen quedarme y maniobro hacia el vestidor mientras mamá está de pie junto a la ventana, mirando a Kelly.

Me quedan bien, así que agarro un par más, un par de camisas y un suéter negro también, antes de unirme a mamá en la ventana.

"Estoy lista".

"Eso fue rápido".

Encogiéndome de hombros, le muestro el pequeño botín y ella sonríe y hace un gesto con la cabeza para que podamos ir a pagar. La tienda aún no está llena, aunque llegan más compradores todo el tiempo.

Me estoy cansando, pero no quiero decírselo a mamá. Creo que espera pasar un día completo haciendo cosas con nosotros.

De camino a la caja registradora, toma un suéter azul brillante y compruebo la talla. Mirándome, levanta las cejas. "¿Kelly?".

Ladeo mi cabeza. A ella le encantaría el color; coincide con la manta que le di la Navidad pasada. Asiento y se une al montón de ropa que hemos acumulado. Parece que mamá miró un poco rápido alrededor mientras me probaba los jeans.

Salimos con tres bolsas y recogemos a Kelly en la banca. La niña lee rápido; parece que casi lleva un cuarto del libro terminado.

"Deja el libro por unos minutos, Kelly. Discutamos adónde queremos ir después". Mamá deja las bolsas y suavemente saca los dedos de Kelly del libro, deslizando el recibo de la librería entre las páginas para marcar su lugar.

"Pero-".

"Kelly". Mamá la mira y suspira y se hunde hacia atrás. "¿A dónde más quieres ir, Cat?".

"¿Qué hay de Eddie Bauer, luego podemos ir a casa?".

"¿Ya te estás cansanda?".

¿Quiero admitirlo? "Tal vez un poco".

"Okey".

Kelly se pone de pie y agarra dos de las bolsas, dejándome sin nada que llevar más que mi pequeño bolso. Me río y le doy un golpe en la espalda. "No soy una inválida total".

"Sí, pero eres lenta. Quiero terminar con esto para poder volver a mi libro". Con la nariz en el aire, mi hermana avanza entre la creciente multitud.

Riendo, mamá tira de su camiseta. "Ve más despacio, Kelly. Esto no es una carrera".

Kelly suspira pero obedece y avanzamos a un ritmo más normal. Hay un lugar de pretzel en el camino, y el aroma me hace agua la boca. Terminamos comprando una taza de los pequeños, con la sal, por supuesto, y los compartimos. Kelly se queda con la mayoría de ellos, pero está bien. A mamá realmente no le gustan y después de un par, mi estómago comienza a protestar suavemente.

En Eddie Bauer, reconozco a la chica de la caja registradora: Hilary Mason. Ella va a Granby conmigo, y creo que incluso podría estar en mi clase de Literatura Inglesa.

Vagando por la tienda detrás de mamá, su mirada apunta a mi espalda. Después de cinco minutos, todo lo que quiero hacer es irme, pero Kelly está mirando la ropa como si estuviera interesada en comprar algo. Me doy la vuelta y le sonrío a Hilary, pero ella no hace más que mirarme y permanecer quieta, sintiéndome como un criminal cuando no he hecho nada malo.

Kelly recibe un par de shorts deportivos largos; para remar, puedo decirlo pero no digo nada. No creo que pudiera si lo intentara.

En la caja registradora, me quedo atrás, tratando de no mirar a Hilary. El año pasado hablamos varias veces y pensé que era agradable. Ahora, ni siquiera sé cómo decir 'hola'.

Mamá paga y nos vamos. Afuera, miro hacia atrás, y Hilary está en el mostrador, limpiador en aerosol en la mano, restregando sobre el mostrador.

Maldita perra.

CATORCE

El lunes por la mañana, me despierto sintiéndome mejor que en mucho tiempo. Tal vez el mayor espacio entre los tratamientos de quimioterapia esté funcionando, lo que me facilita la recuperación. Quizás ayude con la escuela. Tengo energía y tengo tanta hambre que mi estómago ruge.

Tal vez fue solo pasar un día con mamá y Kelly, solo nosotras tres, haciendo el tipo de cosas que las niñas normales hacen con sus madres y hermanas. Y pedir comida china para llevar y recibirla, fue un placer, a pesar de que la mayor parte de mi cena todavía está en la bandeja del refrigerador.

Poniéndome mis jeans nuevos, sintiéndolos ajustados a mis curvas más ligeras, me siento casi normal.

Mamá está en la cocina, preparando huevos revueltos. Una tostada con mantequilla llena un plato en la isla frente a los dos taburetes. Mi té está sudando la barra y el café gotea en la cafetera, el líquido oscuro y el aroma a nuez se arrastra hacia afuera del aparato.

"¿Kelly no se ha levantado todavía?" Pregunta mamá, accionando el interruptor de la estufa.

"Creo que la escuché moverse, pero no creo que se haya levantado todavía".

"¿Quieres huevos?" Mamá levanta la sartén.

"Sí, por favor". Tomo mi taza y agarro un plato del armario. Mamá echa huevos en mi plato con una cuchara y saca una bolsa de queso cheddar rallado.

Espolvoreo un poco de queso sobre mis huevos y elijo una tostada menos crujiente. Se instala fácilmente en mi estómago, sin amenaza de volver a subir.

Tomando un respiro, mamá pone huevos en otro plato y se sienta a mi lado. "Bajaré a buscar los restos de Chantilly hoy. Pedí un jarrón bonito. Pensé que podríamos ponerlo en la chimenea".

"¿Junto a Tato?" Mamá tiene una urna con la mitad de las cenizas de su padre en la chimenea. Su madre, la llamamos Boola porque no podía hablar una mierda de español, tiene la otra mitad. Ninguna de las dos habla con mi tío, así que no creo que ni siquiera sepan si le gustaría algo sobre su propia chimenea. No es que a mamá le importe; él era parte de lo que le sucedió cuando era joven.

"Tal vez no junto a él. Tal vez en el otro extremo, para agregar equilibrio".

Cenizas como decoración. Solo mi madre intentaría hacerlo.

"¿Qué vas a hacer hoy?". Mamá cambia el queso con el tenedor.

Trago unos huevos. "Colegio".

"¿Tienes algún examen?".

"Um, no lo creo. Quiero decir, siempre existe la posibilidad de un examen sorpresa".

"Oh, solo pensé..." mamá suspira, "tal vez podrías quedarte en casa hoy". Unta mermelada ligera sobre una tostada.

Miro. ¿Mamá me pide que me quede en casa? ¿Faltar a la escuela? ¿Que es esto? Ahora la cocina se siente como "La dimension desconocida con esteroides". Cuando comenzó este semestre, y yo acababa de terminar una sesión de quimioterapia de una semana, y había estado enferma, ella me obligó a ir a la escuela. ¿Y aquí estoy, sintiéndome genial y ella me quiere en casa?

"Podríamos ver otra película, esta vez tú eliges. Y podría ordenar algo para comer. O podría ir a comprar batidos".

"Mamá, tengo que ir a la escuela. Sabes que estoy teniendo problemas para seguir el ritmo de trabajo". Dejé mi tenedor, alineándolo con mi mantel, mirando su rostro.

Ella asiente, mordiendo su tostada. Tiene los ojos húmedos, pero no llora.

"¿Cuándo vas a bajar a recoger la urna de Chantilly?".

"Dijeron que estaría listo a la una y media".

"¿Puedes recogerlo un poco tarde? Puedo dejar mi última clase un poco antes e ir contigo, si quieres". Quizás necesite compañía para este viaje.

Ella se encoge de hombros y come más huevo. "No necesito que vengas conmigo. Solo pensé que podríamos pasar más tiempo juntas".

Estoy perdida, no sé qué decir ni qué hacer. El inodoro se descarga por el pasillo, un ruidoso anuncio de que Kelly está levantada. Mamá se pone de pie para preparar huevos frescos y servir un vaso de leche. El reloj marca las siete.

"Mamá, tengo que irme o llegaré tarde".

"¿Cómo te irás a la escuela?".

Ella sabe que no tomo el autobús porque vivimos demasiado cerca. Y solía caminar, aunque en realidad, hasta la ruptura, Jett me había recogido en la cuadra. Que volvió a poner en marcha después de mi diagnóstico.

Suspiro y miro por la ventana. Solo hay una pizca de luz sobre los árboles y la casa detrás de nosotros. "Jett".

"Oh". Se vuelve hacia la estufa, agitando la sartén para evitar que se quemen los huevos de Kelly.

La beso rápidamente en la mejilla y agarro mi bolso de mensajero al lado de la puerta. "Compraré el almuerzo en la escuela. ¿Quizás podamos ver una película esta noche? ¿Y comer frente al televisor?"

Mamá sonríe y las lágrimas se van. "Eso estaría bien. ¿Pizza? ¿O comida china para llevar otra vez?".

—Claro. Cualquiera me funciona. Pregúntale a Kel. Salgo de la cocina, gritando un adiós y "que tengas un buen día" por el pasillo en Kelly. Recibo un gruñido somnoliento en respuesta. Ah, por los días de comienzo de la escuela secundaria: no tiene que salir al autobús hasta las 8.

Afuera, el aire es fresco y húmedo, pero no me importa. Llevo puesto el sombrero de rayas suaves, una sudadera con capucha naranja y mis jeans nuevos. Incluso la bolsa de mensajero rosa no me molesta.

La camioneta de Jett espera en la esquina, donde siempre está, con la puerta abierta y lista. Está dentro, frotándose las manos para calentarlas. "Llegas tarde, ¿eh?".

"Mamá quería hablar".

"¿Sobre?" No he hablado con Jett desde la medianoche del sábado cuando me dejó, aparte de un mensaje de texto rápido para hacerle saber que me desperté. Mamá me había mantenido ocupada.

"Cosas. Se ha vuelto rara". Me retuerzo en el asiento, tratando de calentar el frío vinilo.

"¿Rara mal?" Mira por los espejos y sale del bordillo. La escuela está a solo un par de cuadras de distancia, pero está al otro lado de una calle muy transitada, por lo que nos llevará diez o quince minutos llegar al estacionamiento.

"No. Rara bien. No fuimos a la iglesia ayer. Nos quedamos en casa y vimos películas. Luego fuimos de compras para conseguirme unos jeans que no me cuelguen de los huesos y un libro de vampiros que Kelly quiere leer". No le hablo del yogur helado y los dulces para el almuerzo, ni de que vimos las películas en su cama. Puede que sea demasiada información.

"¿Oh?" Jett mira mis piernas. Pareciera que está concentrado en los jeans.

"Podría saberse mejor cuando estuviera de pie". Pero no estoy segura de mí misma. Con estos jeans nuevos, ¿Jett notaría cuánto peso he perdido? ¿Que ya no soy curvilínea, femenina y sexy?

Se estaciona en el estacionamiento al lado de la escuela y salta, toma su mochila de la caja de la camioneta y se acerca para ayudarme a cerrar la puerta. Caminando hacia la escuela, sigue detrás de mí. Mi estómago se aprieta y envuelvo mis brazos alrededor de mi cintura. Solo sé que está mirando mi trasero menos redondeado con los pantalones nuevos.

Acercándose, susurra en mi oído, su aliento caliente envía escalofríos por todas partes. "¡Muy lindo!".

Lo miro. Mi nariz está al nivel de su hombro y él me mira, con el calor ardiendo en sus ojos. "¿En verdad?".

Sus labios se arquean y parpadea. "Sí, de verdad. Tienes un trasero muy lindo. Voy a tener que asustar a todos los chicos que lo verán hoy".

Riendo, me empujo contra él, tanto para sentirlo contra mí como cualquier otra cosa. Nadie mirará mi trasero. Hoy no. Hay una reunión para dar ánimos al equipo de fútbol y las porristas estarán corriendo todo el día con sus faldas cortas y pequeños suéteres con letras.

Pero es un dulce pensamiento que estaría celoso, y eso hace que mi día sea aún mejor.

QUINCE

El día se va al infierno cuando llego a casa.

Mamá está metiendo las cenizas del perro en la urna. Y Kelly está en el ultimo aliento de su última clase del día, y luego el autobús la dejará en la calle, pero eso está a una hora de distancia.

Pensé que tendría un poco de tiempo para mí después de que Jett me dejara, un beso ardiente que me recuerda que debo asegurarme de comprar algunos condones y llamar a mi oncólogo.

Pero no lo hago. Ni siquiera tengo la oportunidad de poner mis ojos en el teléfono, y mucho menos hacer una llamada.

Papá está en casa.

Kelly había dicho que volvería. Pero había llamado anoche a las siete y media, como de costumbre, y no se había mencionado que no estuviera en Suiza o que llamara desde O'Hare y solo estuviera esperando un vuelo para que él regresara a casa.

"Catriona". Él me recibe en la puerta, todavía con un traje de lino marrón arrugado, la corbata marrón más oscura suelta pero no abierta, su rostro desaliñado por un par de días sin afeitarse.

"Hola papá". Estoy de pie en el vestíbulo, con un sombrero a rayas en la cabeza, una sudadera con capucha naranja atada a la cintura y una bolsa de mensajero rosa sobre el hombro. "Estás en casa".

"Sí, estoy en casa. ¿Por qué no estás en la práctica?".

"Papá, en realidad no estoy en el equipo este año. Sabes que no puedo-".

"Por supuesto que puedes. No hay ninguna razón para que no estés en el agua".

"Papá, el doctor dijo-".

"El Dr. Sions estaba siendo demasiado cauteloso. Vas a la escuela, puedes ir a practicar".

"No, papá, no puedo". Dejo caer la bolsa de mensajero al suelo y desabrocho las mangas de la sudadera con capucha, doblándola en cuadrados gruesos y prolijos para colocarla encima del maletín. "Se necesita todo para pasar un día en la escuela. De hecho, ahora mismo, realmente necesito una siesta".

"No necesitas una siesta. Te ves bien".

¿En serio? ¿Bien? Hoy había vomitado en el almuerzo y todo lo que tenía en el estómago era una de las cajas de jugo de Jett y un par de galletas saladas. Jett había dicho que me veía pálida, pero no cerosa.

"Papá, estoy realmente cansada en este momento".

"¿Estás cansada? Volé desde Suiza en dos días para arreglar esto".

"No necesito que me arregles nada. Necesito dormir".

Él resopla y mira hacia otro lado.

Hemos tenido esta conversación antes, que es una de las razones por las que no me importa tanto que papá esté fuera. Y no solo sobre el cáncer. Sobre Jett. Sobre arte versus equipo de remo. Acerca de conseguir un trabajo de medio tiempo cuando cumplí 16 años. Él siempre está *arreglando las cosas*.

Agarrando la sudadera con capucha doblada, me doy la vuelta, de regreso a la puerta principal, lista para irme, pero él me agarra del brazo y tira.

"¡Ay!" Alejo mi brazo de un tirón, frotando el lugar donde lo había agarrado con tanta fuerza. "¡Padre!".

"¿A dónde crees que vas?".

"¡Afuera!".

"Oh, no, no lo vas. ¡Estamos arreglando esto ahora mismo!". Señala con un dedo hacia el suelo, puntuando cada palabra.

Alguien llama a la puerta.

"Adelante". No me importa quien sea. Puede ser el viejito que vive al lado quejándose del frío, siempre y cuando interrumpa a papá y lo que sea.

Es Jett.

De acuerdo, tal vez podría haber sido cualquier otra persona que no fuera él.

"¿Que demonios estas haciendo aquí?".

Jett extiende mi bolso. "Cat olvidó esto en la camioneta".

Tomo el pequeño bolso negro con un búho verde azulado bordado en el frente y lo abrazo contra mi pecho con mi sudadera con capucha. Quiero frotarme el brazo, pero no puedo, no frente a Jett. Eso solo causaría todo tipo de problemas.

"Cat, ¿por qué estabas en su camioneta?" Papá da un paso adelante, mirándome. Papá no es tan alto como Jett, pero es más alto que yo.

"Jett me trajo a casa después de la escuela".

"Ustedes dos ya no están juntos".

No le contradigo. "Simplemente me trajo a casa, papá".

La mandíbula de Jett se aprieta, y sé que no está feliz de que no defienda nuestra relación. Solo quiero a mamá en casa, como amortiguador. Ella puede decirle cómo Jett me ha estado ayudando tanto, y tal vez él vea que está bien.

"Sal de mi casa". Papá señala la puerta. "Puedo llamar a la policía".

Esto es malo. Papá está amenazando sin que Jett se niegue siquiera a irse. Lo que, por supuesto, hace que Jett se niegue a irse.

"No lo creo, señor". Jett cierra la puerta y se queda adentro.

"Papá, por favor".

Papá aleja mi mano extendida y Jett se estremece ante el sonido de esa mano haciendo contacto con la mía.

"Cat, ¿qué le pasa a tu brazo?" Jett se acerca, sin perder de vista a mi papá.

Me he estado frotando el brazo. No era mi intención, pero todavía me duele.

La puerta se abre detrás de nosotros y Jett se interpone entre papá y yo, dejando espacio para que la puerta se abra. Es mamá, con una pequeña urna de hojalata en las manos. La urna está decorada con un patrón de encaje, el encaje es de diferentes colores brillantes.

"Paul. ¡Estás en casa!".

Papá gruñe y se burla de la urna. "¿Ese es Chantilly?".

"Sí". Mamá deja la urna sobre la mesa del recibidor y se vuelve para mirarnos a todos. "Buenas tardes, Jett. ¿Cómo estuvo el día de Cat hoy?".

Mamá ha perdido oficialmente la cabeza. ¿Cómo puede hacer ese tipo de preguntas frente a mí? ¿Sabes, preguntando sobre mí a alguien más cuando estoy parada ahí? Demonios, lo preguntó delante de papá. Se pondrá apopléjico de que ella haya hablado con Jett.

Oh... tal vez por eso.

"Ella estaba enferma durante el almuerzo, pero yo tomé jugo y la barra de ensaladas tenía galletas, así que estábamos bien". Todavía de pie entre papá y yo, responde a mamá directamente, como si hubiera estado conversando con ella desde siempre.

"Oh, bien. Fui de compras esta mañana, Cat y compré un poco de jugo de uva blanca y los paquetes congelados de arroz blanco simple, para que puedas calentar uno en el microondas si no puedes comer lo que he cocinado".

Esta no es mi mamá del viernes.

"Ella comerá lo que esté en la mesa".

Así es mi papá desde siempre.

"Paul", mamá pone una mano en su brazo, "si tiene náuseas, necesita algo suave".

"No voy a permitir que la mimes".

Mamá me lanza a Jett y a mí una mirada que dice "corre" y Jett me agarra de la mano, me hace girar y me empuja hacia la puerta. Me sorprende que comprenda la mirada. Me tomó mucho tiempo darme cuenta de lo que significaba y terminé atrapada en medio de un montón de discusiones de mis padres que probablemente nunca debería haber escuchado.

"¿A dónde vamos?" No arrastro mis pies, pero hago que él me arrastre, lejos del espectáculo.

"Depende de cómo esté tu brazo".

"Creo que solo está magullado. No quiso lastimarme ni nada. Está cansado y molesto".

"Entonces supongo que te llevaré a dar una vuelta, probablemente para ver pasar los botes por debajo del puente, y luego salir a cenar si tu mamá no llama con un: todo despejado".

"¿Deberíamos recoger a Kelly?".

Frunce el ceño y puedo decir que está pensando en la importancia de mi pregunta. "¿Hay tiempo? ¿O deberíamos esperar a que el autobús la deje?".

Miro el reloj en su muñeca. "Sí, hay tiempo. Y soy un recolector aprobado".

"Entonces hagámoslo. Preferiría no estar cerca de los gritos o de aventar a tu papá".

DIECISÉIS

No hay problema al recoger a Kelly, aunque su mochila debe ir en la caja de la camioneta porque no hay espacio para ella con tres personas en la cabina. Se sienta en medio, porque es la más baja, y su cabeza no bloqueará tanto el espejo retrovisor como la mía.

"¿Entonces que hay de nuevo?" Kelly nos mira a mí, a Jett y viceversa.

"Papá está en casa". Sin pensarlo, me froto el brazo dolorido.

"¿Qué hizo él?".

"Él grito".

"¿Eso es todo?".

"Sí".

Jett resopla desde detrás del volante. Estamos esperando para salir de la rotonda frente a la escuela secundaria. "Él te lastimó".

"¿Qué?" Kelly gira su cabeza en mi dirección, su cola de caballo rubia fresa se agita alrededor de su cabeza. "¿Qué hizo él?".

"Simplemente me agarró del brazo, Kel". Me incliné hacia adelante para mirar a Jett. "No fue como si me hubiera golpeado o algo así".

113

"No viste lo que hice cuando entré por la puerta principal".

Pero me lo puedo imaginar. Jett no es estúpido. Es inteligente, probablemente más inteligente que yo en inglés y arte, pero no se llevaba bien con sus profesores. Su boca también puede ser inteligente.

Lo que probablemente vio fue que yo me encogía de miedo, sosteniéndome del brazo y mi papá asomándose y gritándome. Probablemente se dio cuenta de que yo tampoco revisé la puerta cuando llamó.

Al recordarlo, puedo entender por qué Jett pensaría que estaba a punto de ser golpeada. A decir verdad, yo misma estaba pensando en ese momento.

"¿Y?" Los dedos de Kelly se agarran a sus rodillas levantadas, los nudillos se vuelven blancos.

"Mamá llegó a casa con la urna de Chantilly, es fea por cierto, pero no le digas a mamá que yo lo dije, entonces nos dio la señal para que nos fuéramos. Así que nos fuimos, vinimos a buscarte y nos iremos a casa cuando mamá llame para decir que está bien ". Doy palmaditas en el puño cerrado más cercano a mí y aparto los dedos de la mezclilla para poder tomar su mano. "No es gran cosa. No fue tan malo hasta que dejé entrar a Jett en la casa".

"¿Dejaste entrar a Jett en la casa? ¿Con papá allí?".

Maldita sea. ¿Cómo voy a salir de esto?

"Estaba asustada, así que cuando llamé, ni siquiera miró para ver quién era. Simplemente dijo que entrara. Podría haber sido cualquiera". Jett giró la luz direccional para incorporarse al carril izquierdo.

Kelly me apretó los dedos pero no dijo nada más. Ella miró por el parabrisas delantero, en silencio.

Quiero estar enojada con Jett por contarle lo de la puerta, pero realmente no puedo. Le acababa de contar toda la historia, la parte en la que me detuve.

Jett juguetea con la radio y encuentra una estación de rock que llega con un mínimo de estática en su configuración anterior. Él asiente con la cabeza al ritmo de la batería, y lo imagino en un escenario, detrás de una enorme batería, tocándola él mismo.

Ha estado en una banda desde la escuela secundaria, practicando desde su garaje. Solo uno de los otros miembros tiene talento real, el cantante, y el resto solo está bien. Pero Jett es el mejor. El líder de la manada, por así decirlo.

"¿Cómo está la banda?".

Kelly se está relajando, así que creo que es hora de mencionar otro tema más seguro.

Jett se encoge de hombros.

Esa no es una buena respuesta, y me pregunto cuánto tiempo ha estado en la escuela y andando conmigo. ¿Dónde encuentra tiempo para tocar con la banda?

Oh diablos.

"Jett, la banda todavía está junta, ¿verdad?" Digo en voz en la cabina y no estoy segura de querer que él responda.

"Lo están. Yo no". Jett se inclina hacia adelante para ver el estacionamiento de un restaurante italiano en la bahía. "Kelly, ¿te sientes italiana para cenar?".

"Seguro". Pero Kelly me está mirando.

"¿Dejaste la banda?" Por favor, déjalo tranquilo.

Jett suspira y se detiene en el estacionamiento, eligiendo un espacio en la esquina porque es un poco más grande. "Me echaron".

"¿Por qué?".

"Mira, Cat. Simplemente no entendían por qué quería ir a visitarte al hospital en lugar de practicar. No es como si tuviéramos conciertos reales o algo así. Era simplemente una mierda que podía hacer a ciegas". Jett me mira fijamente, su mirada intensa.

"¿Es por eso que estás en la escuela de nuevo?"

"No. Estoy en la escuela porque quiero demostrar que puedo obtener un diploma de escuela secundaria". Golpea sus palmas contra el volante.

"¿A quiénes?" Dejo ir la mano de Kelly y agito la mía en el aire.

"¿Importa?" Su voz rebota dentro de la cabina.

Kelly se aclara la garganta. "A *quiénes*. La palabra es *quién,* no a *quiénes*".

"¿Qué?" Miro a mi hermana.

"Es una cuestión de gramática. La señora Conrad es muy exigente".

"Dejémoslo hablar de la banda, ¿de acuerdo?" Jett agarra la llave del encendido y sale, cerrando la puerta del conductor con mucha más fuerza de la necesaria.

También abro mi puerta, empujándola cuando se engancha, haciéndola crujir. Salto hacia abajo, luego Kelly lo hace. Jett espera junto a la puerta para cerrarla.

Estamos en silencio entrando, Kelly y yo al frente, Jett detrás. Tengo mi bolso y la tarjeta de crédito que mamá me dio para emergencias, y creo que esto cuenta, así que estaremos listos para pagar. Jett no puede cubrir todo, todo el tiempo. Necesito quitar algo de peso aquí.

Pero no puedo, de verdad. Una vocecita en mi cabeza me recuerda que es la tarjeta de mamá y la cuenta de mamá y ella pagará la cuenta cuando llegue; o papá lo hará.

Aquí estoy, con dieciocho años desde el verano, y todavía no puedo ser un adulto real. Nunca he tenido un trabajo, al menos no uno de verdad. El cuidado de niños y pasear perros no cuentan. Y nunca lo hice con regularidad.

No tengo coche, e incluso si lo tuviera, no podría conducir ahora mismo de todos modos. El Dr. Sions dijo que tendría que esperar a que me autorizaran, y eso podría ser hasta un año después de mi última sesión de quimioterapia.

Lo mejor de tener dieciocho años es que puedo hacer algunas cosas por mi cuenta, como ir al médico, siempre y cuando tenga transporte, y eso es solo porque me debilito la mayor parte del tiempo; por lo tanto, no debería de estar conduciendo. Y eso me recuerda, creo que necesito hacer una cita. Tengo algunas preguntas que hacer.

Es posible que no pueda conseguir un trabajo o conducir en este momento, pero hay algunas cosas que puedo hacer para adultos, y necesito asegurarme de que Jett esté seguro si hacemos una de ellas.

Mirando hacia adelante, marcho hacia adelante, avanzando cuando Kelly agarra mi mano y tira.

"Cat, ¿dijiste que la urna es fea? ¿Cómo la arregló mamá?".

Riendo, reduzco el paso y me inclino para describir la horrible urna. Detrás de nosotros, Jett se ríe a carcajadas, agregando sus propias descripciones a mi historia de lo feo. Aunque tenemos una breve espera por una mesa, pasamos el tiempo inventando historias sobre los poderes mágicos que podría tener la urna para repeler a los ladrones o vendedores que se demoran demasiado.

Nos reímos cuando la camarera nos lleva a una mesa y pone tres menús frente a nosotros: Kelly y yo a un lado de la mesa y Jett al otro. Una vez que recibimos los pedidos de bebidas, nos quedamos en silencio, gastando toda nuestra energía en leer el menú.

Jett quiere dos de los aperitivos: calamares y calabacín frito. Kelly quiere los ravioles tostados. Decidimos por los tres y renunciamos a las ensaladas, decidiéndonos por tres platos diferentes que cada uno de nosotros probará.

La distracción de la mesera tomando nuestro pedido y batiendo sus pestañas en Jett me hace pensar en ser su novia y si debería o no pisotear su pie debajo de la mesa. Todavía tengo puesto el sombrero a rayas, y Jett también, pero tendré que quitármelo, y aquí, en un restaurante en el que no he estado desde que perdí el cabello, soy tímida a la hora de mostrar mi calvicie.

Es la primera vez que me molesta mucho y pienso por qué. ¿Porque tengo competencia? ¿Porque hay extraños en las otras mesas? ¿Por qué debería importarme lo que piensen? ¿Es porque estoy con Kelly?

"Oye, necesito ir al baño. Vuelvo enseguida". Me paro, sin molestarme en que Jett o Kelly reconozcan mi declaración y troto hacia la esquina donde el letrero de neon me anuncia que encontraré el baño.

DIECISIETE

Llamo a la práctica de oncología desde el último puesto al final. Desde que tengo mi bolso, tengo mi celular y, por una vez, está completamente cargado.

"Virginia Oncology, ¿cómo puedo dirigir su llamada?".

"Hola, soy Catriona Sullivan. Me preguntaba si el Dr. Sions tenía un lugar abierto esta semana. Tengo algunas preguntas que debo hacerle".

"Déjame ponerte a través de la programación".

La música clásica llena mi oído. Sentado en el borde del asiento del inodoro, la puerta del cubículo cerrada, una funda del asiento colgando del borde, me balanceo hacia adelante y hacia atrás, con una mano manteniendo el celular en mi oreja, la otra pegada a mi estómago.

"Esto es programación, ¿con quién estás tratando de hacer una cita?".

"Dr. Sions".

"Déjame comprobar cuándo está el primero disponible".

"Gracias". Suspiro y miro a mi alrededor.

El baño está limpio, pero es viejo, y las baldosas están grabadas con lo que parecen mil millones de nombres, fechas y corazones con flechas. Hay un par de palabrotas y nombres de chicas con números de teléfono, pero los ignoro y leo el resto.

"Su próxima cita disponible es en diciembre".

"¿Diciembre?" Eso es demasiado tiempo de espera por mi asunto. No creo que pueda aguantar hasta entonces.

"Sí. ¿Quieres programar?".

"Um, no. Necesito que me respondan un par de preguntas ahora".

"Déjame comunicarte con la enfermera de guardia".

La música new age se filtra a través del teléfono. Cuando suena la segunda canción instrumental, Kelly me está buscando.

"¿Cat?".

"Estoy en el último cubículo". Quito el seguro y abro la puerta, asomando.

"¿Estás bien?" Las zapatillas moradas de Kelly se arrastran sobre las baldosas húmedas, ganando terreno.

"Sí. Solo quería preguntarle algo al Dr. Sions. Estoy en espera". Extiendo mi celular, dejando que los dulces acordes del arpa llenen la habitación, antes de volver a ponerlo en mi oído. Pongo los ojos en blanco y ella se ríe.

"Los aperitivos están en la mesa y Jett no quería empezar sin ti".

"Estaré allí. Si nadie contesta al final de esta canción, colgaré y volveré a intentarlo mañana".

"Estoy segura de que no le importará si es importante. ¿Qué tipo de pregunta es?".

Me encojo de hombros, no queriendo decirle a Kelly mi pregunta. Ella es demasiado joven. "Es algo que no estaba segura de preguntar delante de papá".

"Okey". Kelly da un paso hacia la puerta. "¿Podemos empezar?"

"Claro. Pero déjame unos calamares y un ravioli".

Una vez que se ha ido, vuelvo a leer los nombres en la pared. La canción acaba de terminar y mi dedo está posado sobre el botón FIN cuando una voz alegre se escucha. "Enfermera de Oncología, ¿cómo puedo ayudarla?".

"Sí, oye. Estoy recibiendo tratamiento para el linfoma y me preguntaba si es seguro para mí tener relaciones sexuales".

Hay una pausa. "Esta es la oficina de oncología pediátrica". La voz tiembla al otro lado.

"Lo sé. Cumplí 18 años después de comenzar el tratamiento".

"Oh". Hay un revoltijo de papeles. "¿Sabes cuál es tu tratamiento?"

"Metotrexato".

"¿Estás sintiendo deseo?".

"No ahora, pero cuando estoy con mi novio, sí".

Eso provoca una risita y la voz de la enfermera es menos incierta cuando habla de nuevo. "¿Dónde está el linfoma?".

"En mis ganglios linfáticos, con seguridad. No lo encontraron en ningún otro lugar, pero no pueden estar seguros".

"¿Dónde te inyectan el metotrexato?".

"A través de un catéter en mi pecho".

"Está bien. Bueno, deberías estar bien. Nada de cosas bruscas, y ten cuidado con el catéter. Usa un condón. Toma tus píldoras anticonceptivas si las estás tomando. En casos raros, las mujeres necesitan lubricante adicional porque los químicos cambian la química del cuerpo". Suena como si estuviera leyendo un manual.

"Está bien. ¿Pero los químicos no pueden llegar a él y lastimarlo?"

"No es probable. Pero usen condón. Por muchas, muchas razones, usen condón. Si quedas embarazada, la quimioterapia dañará al feto".

Oh. No había considerado ese aspecto de tener sexo. No se trata solo de la quimioterapia y de que yo esté enferma, todavía tengo todas las tonterías normales de las que preocuparme.

"Bien gracias".

"Con gusto".

El tono de marcación resuena en mi oído y espero, por su bien, que su siguiente pregunta sea más mundana.

123

DIECIOCHO

La cena con Jett y Kelly es agradable, aunque hay un problema cuando llega el momento de pagar: Jett no quiere dejarme usar la tarjeta de crédito.

"Es la tarjeta de mamá". Susurro, no estoy segura de que la cajera me deje usarla si sabe que no es mía. "Ella me la dio. Para cenas de emergencia".

"¿Qué es una cena de emergencia?".

"Uno por el que tengo que pagar sin que haya un padre cerca". El cliente que está frente a nosotros se dirige a la puerta y el cajero sonríe y nos mira. Extiendo la tarjeta, conteniendo la respiración, esperando que no me pida una identificación.

Ella simplemente lo desliza en la almohadilla cuadrada y gira la pantalla para que pueda firmar con mi dedo. La firma termina temblorosa e ilegible. Está bien, es el nombre de mamá.

Jett lanza un billete en el frasco de propinas. "Mi contribución".

Asiento con la cabeza y guardo la tarjeta en mi bolso, junto con el recibo impreso. Se lo daré a mamá cuando lleguemos a casa, para que sepa que es una compra legítima.

"¿Haces esto de forma regular?" Pregunta Jett, sosteniendo la puerta para Kelly y para mí.

"Bueno, no. Por eso se llama tarjeta de emergencia y no tarjeta de cena dos veces por semana". Caminamos cerca y Kelly ha corrido hacia la camioneta, recordando que su bolso está en la parte de atrás y no bajo llave en la cabina. Solo tuve que usar la tarjeta de crédito un par de veces, ambas antes de recibir el diagnóstico. Mamá y papá han tenido grandes peleas, y una vez que tuve la licencia, mamá me miraba, a ocasiones hasta dos veces, ya que no siempre entendía, entonces agarraba a Kelly, las llaves y me iba.

"Eh".

Quiero tomar su mano, pero no estoy segura. Habíamos decidido que volvíamos a ser novios, pero eso fue antes de la escena con papá y mi incapacidad de defender nuestra relación. ¿Estaba molesto conmigo? ¿Todavía quería ser mi novio o la había cagado por completo?

"Todavía está allí". Kelly avisa desde la camioneta y luego apoya los brazos a los lados de la batea, mirando su mochila como si fuera un gatito. Ella debe estar de puntitas; no hay forma de que sea lo suficientemente alta para eso.

"Debe haber algo importante ahí". Jett le lanza una mirada cautelosa y luego me mira.

"¿Es hora de la boleta de calificaciones?". Kelly siempre está emocionada cuando recibe su boleta de calificaciones, muy orgullosa de las líneas con As. Cuando sacó una B, como en el cuestionario de inglés de la semana pasada, podría preocuparse hasta enfermarse.

Jett se encoge de hombros. "No tengo ni idea".

"Tal vez acaba de obtener una prueba con una calificación extra buena".

Riendo, Jett pasa un brazo por encima de mi hombro, abrazándome fuerte. Descanso mi cabeza en su hombro y deslizo mi propio brazo alrededor de él, enganchando un dedo en la presilla del cinturón de sus jeans.

Se estremece, mirando al frente, con los labios en una línea firme.

"¿Qué?".

"Nada".

"Mañana es un día de trabajo para maestros. No hay clases".

"Nop. Eso es cierto". Jett abre la puerta y se inclina para levantar el pasador de la puerta del pasajero. Kelly se sube y entra, rebotando hasta el centro del asiento. Ella y Jett comieron postre y es posible que ella haya bebido un poco de azúcar.

"¿Quieres hacer algo? ¿Quizás ir al centro comercial o a un museo?" Todavía estoy afuera de la camioneta.

"Seguro". Jett enciende el motor. "Llevémoslas a casa, antes de que haya una preocupación adicional de sus padres".

Mamá me llamó a mitad de la cena, yo le expliqué dónde estábamos y ella me explicó que había aclarado a papá algunas cosas, pero que explicaría más cuando llegáramos a casa.

Eso fue antes del postre, pero después de haber sido ordenado.

Estaba oscuro y las luces de la camioneta estaban un poco torcidas. Pregunto por eso, porque no creo que hayan sido así anoche,

"Sí", Jett asiente con la cabeza a la lámpara de mi lado, "esa se apagó anoche y tuve que detenerme por una nueva, pero aún no está alineada".

Nos enrollamos frente a la casa y mamá está sentada en el escalón del frente, con su vieja bufanda de pashmina gris envuelta alrededor de sus hombros. Una de las vecinas, creo que es la Sra. Williams de tres casas hacia abajo, pero no puedo decirlo desde la camioneta, está con ella, fumando un cigarrillo y tomando café.

Salimos de la camioneta y Jett agarra la mochila de Kelly y se la entrega para que pueda llevarla a la casa. Espera en la camioneta y yo lo espero con él.

"Mamá, tuve mi examen de álgebra y obtuve una A". Kelly saca un papel del bolsillo delantero de su bolso y lo agita en el aire.

Le sonrío a Jett, levantando una ceja lo más alto que puedo, y él responde con una risa suave.

"¡Eso es genial!". La sonrisa de mamá es forzada y parecía cansada.

"¿Dónde está papá para que pueda mostrárselo?".

Mamá no dice nada de inmediato y la Sra. Williams se pone de pie y apaga su cigarrillo en el cemento. "¿Necesitas que me quede?" Su voz es ronca por fumar pero hay verdadera preocupación en su semblante.

"No, pero gracias, Melissa. Probablemente te llame mañana".

"Está bien. Llámame esta noche si es necesario". La señora Williams se aleja arrastrando los pies y me doy cuenta de que lleva plantuflas. Sonríe al pasar, palmeándome el hombro con una mano. "¿Cómo la llevas?".

"Estoy bien".

"Te tengo en la lista de oración en la iglesia". Y se mueve por la acera, los brazos alrededor de su cintura, la taza vacía colgando de sus dedos, mirando las estrellas más débiles en el cielo. Las nubes son escasas, flotando por partes a través de la extensión azul-negra.

"Gracias". Nunca sé qué decir a eso. Voy a la iglesia con mamá todos los domingos, pero es porque ella me obliga, no porque yo quiera ir. No rezo y paso la mitad del servicio soñando despierta o pensando en la escuela o, últimamente, en mi cáncer.

"Mamá", Kelly se para en medio del camino de mármol, con los hombros caídos, luciendo desinflada, "¿dónde está papá?"

Pero creo que ya sé la respuesta. Al menos en parte. No está en la casa. Y es por eso que mamá dijo que explicaría más cuando llegáramos a casa.

"Oye". Jett toma mi mano, volviéndome hacia él. "Llámame mañana si aún quieres hacer algo, ¿de acuerdo? Puedo ser tuyo todo el día".

Asiento con la cabeza hacia él, mi mente está pensando en dónde está papá y cómo es que se fue y ¿mamá le dijo que se fuera o simplemente decidió irse por su cuenta y volvería?

Jett besa mi mejilla y entrelazo mis dedos en su suéter, sin querer dejarlo ir. Si se queda, mamá no le explicará lo de papa y sé que no se quedará por eso aunque ella lo haga. No es asunto suyo hasta que decida decírselo. Lo que haré mañana, aunque no en el centro comercial y probablemente tampoco en un museo. Tendré que pensar en algún otro lugar al que podamos ir, en algún lugar privado y cercano, y tal vez oscuro. Probablemente lloraré y los mocos no me quedan bien, incluso cuando tenía el pelo y las mejillas rosadas.

"Todavía quiero". Sé que no podré quedarme en la casa.

"Llámame. Cuando quieras. Mantendré mi celular junto a mi cama".

Relajo mis dedos y comienzan a soltar su camisa. Me empuja hacia la casa y me tambaleo hacia ella. Kelly todavía está caminando, mirando a mamá. Creo que ella también conoce parte de la respuesta a su propia pregunta.

"Vamos," envuelvo un brazo alrededor de ella y la empujo hacia adelante, "hace frío aquí".

DIECINUEVE

Nos sentamos alrededor de la mesa de la cocina, como si estuviéramos teniendo una conferencia familiar, solo que en ellas generalmente se incluye a papá. La casa está a oscuras; Supongo que ninguna de nosotras puede soportar encender una luz. La única encendida es la que está encima de la estufa y la iluminación no llega hasta nosotras.

"Bueno", comienza mamá, finalmente, con la voz quebrada, así que tiene que aclararse la garganta un par de veces para forzar las palabras, "Papá se está quedando en un hotel ahora mismo".

"¿En un hotel?" Kelly deja su bebida. Mamá nos hizo chocolate caliente con malvaviscos. No estoy segura de dónde consiguió los malvaviscos, a menos que la vecina los haya traído o que tenga algo más que chocolate y barras de Snickers escondidas. De ahí también podría ser de donde vino la mezcla de chocolate caliente. "¿Por qué?"

"No pudimos llegar a un acuerdo".

Kelly me mira al otro lado de la mesa, la confusión en sus ojos se filtra como grandes lágrimas.

"¿Sobre mí?" Mi voz ronca, tan áspera que casi no la reconozco como mía.

"Sobre muchas cosas, Cat". Mamá empuja su propio vaso a un lado. Se había servido una copa de vino para acompañar nuestro chocolate caliente, pero aún no había bebido. "Creo que mucho de esto se ha estado construyendo durante un tiempo".

"¿Mucho de qué?" La voz de Kelly también suena áspera, y parece pequeña, acurrucada en su silla.

Mamá suspira. "Es difícil de explicar, Kelly. No estoy segura de que tu papá y yo realmente nos entendamos más. No reconocí al hombre que estuvo aquí hoy".

Kelly traga; Puedo ver su garganta trabajando para contener las lágrimas. "¿Tuvieron una pelea?".

"Sí. Seguía gritando y no pude hacer que se detuviera. Así que le dije que se fuera". Mamá toma un sorbo de vino, lo sigue con un trago lleno, cierra los ojos y suspira. "Fue entonces cuando dejó de gritar, me miró y dijo 'está bien'".

"¿Eso es todo? ¿Solo 'bien'?" Mi voz tiembla, pero no se quiebra. Estoy demasiado enojada porque fue tan fácil para él irse así.

Asintiendo, mamá se seca una lágrima de la mejilla. "Cuando dejó de gritar, supe que finalmente había escuchado. Pensé que tal vez podríamos hablar, pero realmente se fue. Simplemente recogió sus maletas y salió por la puerta principal".

"¿Cómo sabes que está en un hotel?" Quería pensar lo peor de él, que tenía otra mujer o un hombre y ahí era donde realmente estaba.

"Me llamó para avisarme. Dijo que también tiene su celular y que podemos llamarlo si lo necesitamos".

Si lo necesitamos.

Mi ira se desinfla, solo un poco. ¿Lo necesitamos? Estamos bien cuando se ha ido a trabajar, solo llamando una hora todas las noches. Miro el reloj. Son casi las 8pm.

No está llamando. Es demasiado tarde.

Herida, trago mi bebida, sin importarme si está lo suficientemente caliente como para quemarme la boca. Se supone que debe llamar. Es nuestro papá por llorar en voz alta. Siempre llama.

Kelly se levanta de la mesa, empuja su silla a un lado lo suficientemente fuerte como para que se caiga, el estrépito resuena por toda la casa. Le siguen los golpes de sus zapatillas de deporte en el suelo mientras sale corriendo de la habitación y recorre el pasillo.

Casi dejo caer mi taza, atrapándola en el último segundo antes de que se rompa contra la mesa. Solo me quedo mirando su tenue figura. Esta no es la Kelly normal, la que conozco tan bien. Ella está herida. Realmente dolida. Chilla de dolor.

Y todo es culpa mía. Y su dolor empeora el mío.

Mamá no grita, simplemente se pone de pie, cansada, como Boola la última vez que la visitamos, y endereza la silla, alisando la mano sobre la barandilla superior.

"Limpiaré la mesa". No sé qué más decir. Nada de lo que se me ocurra hará que mamá o Kelly se sientan mejor. Mi hermanita probablemente me odia en este momento.

Sus lamentos son ahogados pero fuertes, reverberando por el pasillo y expandiéndose hacia la cocina. Hacen eco en mi oído y mis propias lágrimas brotan.

Estornudando, me ocupo de la mesa, recojo las tazas, el vaso y pongo la botella de vino de mamá en el refrigerador para más tarde. Lleno el lavaplatos y configuro el temporizador para la medianoche, para que el agua goteando no moleste a Chantilly.

Me quedo mirando la urna a las 12:00 parpadeantes. Chantilly ya no está aquí para estar inquieto.

Se me cierra la garganta, pero lo ignoro, dando vueltas por la cocina, limpiando las cubiertas de la cocina y el fregadero, a pesar de que hoy no se han usado lo suficiente como para ensuciarse.

Mamá aún está detrás de la silla, sus dedos ahora agarran la parte superior.

"¿Deberías ver a Kelly?". No reconozco mi voz, suena vieja, pero mamá debe hacerlo, porque asiente y camina arrastrando los pies por el pasillo. Los sollozos de Kelly están ahora ahogados por una almohada o su manta, no estoy segura; No me atrevo a ir a comprobarlo. La distancia es lo único que me impide llorar en este momento.

La luz de mensaje telefónico parpadea; tal vez sea de papá. Descuelgo el auricular y llamo al número del buzón de mensajes, introduciendo la contraseña para escuchar.

Esta es la llamada de CHKD para recordarle que Catriona está programada para recibir quimioterapia en CHKD Norfolk el lunes. Esté preparada con su tarjeta del seguro médico y una lista de todos los medicamentos que está tomando actualmente. Se realizarán análisis de sangre después del registro para determinar la capacidad de la paciente para participar en el tratamiento. Si tiene alguna pregunta, llame a su oncólogo. Si por alguna razón cree que Catriona no puede asistir al tratamiento programado, llame al hospital para reprogramar y consultar con su oncólogo.

La estática llena los segundos de silencio entre el final del mensaje y la voz automatizada que me aconseja que borre o guarde el mensaje. Presiono nueve y me dicen que el mensaje se guardará durante 29 días.

Este no se eliminará hasta que haya otro mensaje sobre otro tratamiento.

Presiono el botón para finalizar la llamada y me dejo caer en el suelo, suelto el teléfono y dejo que las lágrimas caigan.

VEINTE

Es medianoche cuando dejo de dormir y llamo a Jett.

"¿Holo?" Su voz es apagada y rasposa y no estoy segura de haber marcado el número correcto. Hay un sonido de carraspeo. "¿Hola?".

Suspiro y me relajo en mi almohada; es él.

"Hola, soy yo".

Hay silencio por un momento y escucho el sonido de las sábanas y un ligero chirrido de algo que se enciende. "Oye".

"Lo siento, es muy tarde"-

"Te dije que me llamaras si lo necesitabas".

"Sí, pero puede que no hayas querido decir medianoche".

"Me refiero a cuando necesites llamar".

Suspiro de nuevo, tensándome. "Papá se ha ido. Mamá le dijo que se fuera".

"Mierda". Se oye el sonido de las mantas que se mueven y el crujido del colchón en el otro extremo. "Eso apesta".

"Apesta, y no apesta".

"¿Cómo es eso?" Gime a través del teléfono. "¿Estás bien?".

"Sí, solo poniéndome cómoda. Esta cama no es exactamente lo suficientemente larga para mí".

He estado en su habitación y tiene media litera. Él y su hermano menor compartieron cuando eran pequeños, y aunque ahora tienen habitaciones separadas, él todavía tiene la misma cama, cabecera, pie de cama y todo.

"Perdón".

"No es tu culpa". Hay una pausa. "¿Tu papá?".

Golpeo mi cabeza contra mi almohada. "En realidad, no entendí mucho de la historia, solo que mamá dijo que no la escucharía, así que le dijo que se fuera. No creo que ella esperara que él se fuera, pero dijo que él la miró fijamente por un minuto, dijo que estaba bien, luego recogió sus maletas y se fue".

Suspira, y casi puedo sentir el silbido en mi cuello y me hace temblar. "¿Como esta tu madre?".

"Tranquila, pero no puedo decir nada más. Kelly entró en crisis y mamá ha estado con ella desde entonces".

"Oh".

"Ella no me habla".

"¿Tu mamá?".

"Kelly". Me había parecido que había hecho algo mal. Supongo que me está culpando de que papá se haya ido, pero no podría haber hecho nada diferente, ¿verdad?

"Ella está simplemente enojada".

"Sí. Conmigo".

"No, no contigo. De la situación. Y se desquita contigo. Como tú hiciste con Chantilly".

Suspiro. Probablemente tenga razón, pero duele y no sé cómo solucionarlo.

"Cierra tus ojos". Su voz es solo un susurro y tiemblo de nuevo.

Obedeciendo, dejé que la oscuridad se asentara en mi cerebro, tirando de mi manta hacia arriba y por encima de mis hombros.

Jett comienza a tararear, pero no reconozco una melodía. Sin embargo, es bonito y desearía saber las palabras que lo acompañan.

"¿Que cancion es?" Susurro, no queriendo que se detenga, pero queriendo saber.

Su suave risa me hace temblar. "Es nueva. Aún no la he terminado".

"Hmm. Me gusta. Sigue".

Y comienza de nuevo y canta algunas palabras sobre arcoíris, lluvia, truenos y algo más que no entiendo. Mis párpados se mueven hacia abajo y respiro profundamente, las palabras se mezclan.

No recuerdo haberme quedado dormida, pero me despierto por la mañana con un teléfono celular muerto en mi mejilla, cubierto de baba seca y una paz interior que no reconozco.

VEINTIUNO

Preparo avena para el desayuno, con azúcar morena y un poco de canela, y como un poco, dejo el resto en la estufa para que mamá o Kelly se calienten más tarde. Los miro, ambos roncando en la cama de Kelly, todavía dormida. La cara de Kelly está roja y llena de manchas; Mamá también.

Una vez más, mamá se quedó dormida con su ropa. Kelly probablemente también lo hizo, pero no puedo decirlo porque está cubierta por su edredón con estampado de leopardo verde lima y negro.

La puerta cruje cuando intento cerrarla y mamá me llama. "¿Cat?"

"¿Sí, mamá?"

"¿Estás bien?"

Es una pregunta profunda y podría dar una respuesta profunda, pero no lo haré. "Creo que sí". Recuerdo la sensación de paz que sentí cuando desperté. "Sí estoy bien".

Mamá suspira desde la cama. "Realmente no pudimos hablar anoche".

"No". Miro a Kelly. Está perdida y es diminuta en la cama, acurrucada en una posición fetal apretada, abrazando una almohada fucsia contra su pecho.

"Ella no se lo está tomando bien". Mamá acaricia su cabello.

"No". Yo trago. "Hice avena. Está en una olla en la estufa".

"Okey". Mamá se recuesta en la cama, mirando al techo.

"Lo siento". Yo susurro. No quiero despertar a Kelly.

"No es tu culpa". Mamá me mira, sus ojos tienen rimel corrido y están enrojecidos.

Todo el mundo sigue diciendo eso, pero no puedo evitar sentir que todo estaría bien si no tuviera cáncer. Bueno, tal vez no esté bien, pero por lo menos *normal*. Sacaría buenas calificaciones en mis clases y estaría en el equipo de remo; Kelly no se escondería detrás de la espalda de mamá para llamar a Jett; Papá estaría en casa ahora mismo en lugar de en otro lugar.

"Papá y yo no hemos estado lidiando con tu diagnóstico, muy bien. Recibí una llamada de atención cuando Chantilly murió. De repente me di cuenta de que podía perderte. Que fingir que no era real no iba a funcionar que se fuera. Te estaba fallando como madre y tenía que dejar de hacerlo". Parece que mamá está lista para llorar de nuevo. "Tu papá aún no está conciente de eso, pero no puedo dejar que viva aquí hasta que lo esté. Todos necesitamos estar de tu lado en esta pelea, no solo al margen esperando a ver quién gana".

Parpadeo para eliminar mis propias lágrimas. Llorar ahora no mejorará las cosas.

"Jett eligió a tu bando desde el principio. Ha hecho más para que sigas adelante que cualquiera de nosotros juntos. Estoy muy agradecido de que ese joven esté en tu vida y se preocupe por ti".

Asintiendo, aspiro y me limpio la nariz con la manga de mi suéter. Tendré que cambiarme antes de ir a ningún lado con Jett.

"Hice planes con él para hoy".

"Bueno, entonces", mamá se sienta y golpea las mantas con las manos, "¿qué estás esperando? Deberías llamarlo y empezar. Es una pérdida de tiempo. Pasaré el día tratando de que Kelly comprenda lo de Paul".

"Okey". Las lágrimas caen de mi barbilla y tendré que terminar con el hechizo de llanto antes de llamar a Jett o recibirá una multa por exceso de velocidad en su camino.

"Adelante. Calentaré la avena cuando me levante. Diviértete".

"Voy a tratar de".

Retrocedo por la puerta, cerrándola con cuidado. Me desvío al baño para lavarme la cara y sonarme la nariz, luego agarro una camisa diferente y mi teléfono ahora completamente cargado de mi habitación.

Sombrero de rayas en mi cabeza y chaqueta en mano, llamo a Jett.

"Hola". Su voz es alegre y feliz.

"¿Oye dónde estás?".

"Estacionado frente a tu casa".

Eso me detiene en el pasillo, giro para esquivar el sofá y una mesa en la sala de estar para mirar por la ventana. Ahí está la camioneta, las ventanas empañadas, el motor en marcha, esperando.

Riendo, verifico que tengo lo que necesito en mi bolso y salgo corriendo por la puerta principal, con el teléfono celular todavía en mi oído. "¿Y si hubiera cambiado de opinión?".

"Habría intentado todo lo posible para volver a cambiarla".

La puerta del pasajero se abre y agarro la manija y entro. Jett se encuentra con mis labios en la mitad del asiento, besándome larga y profundamente.

"¿Podemos parar en Walgreens? ¿Necesito recoger un par de cosas?".

Me mira con preocupación. "¿Medicamento?".

"No. Cosas personales". Me río entre dientes y lo miro hasta que traga e inclina la cabeza hacia atrás. "Cosas de chicas".

"Ah. Cosas de *chicas*". Se desplaza hacia atrás detrás del asiento del conductor, haciendo que la camioneta se ponga en marcha mientras yo cierro la puerta y me abrocho el cinturón de seguridad. Se equivocó, pero se dará cuenta de eso una vez que estemos solos.

Se necesitan cinco minutos para llegar al CVS, estacionar la camioneta y comenzar una pelea.

"¿Por qué no puedo entrar? ¿Quizás yo también quiero comprar algo?" Las manos de

Jett todavía están en el volante, pero ha girado el resto de su cuerpo para mirarme.

No había planeado que él estuviera allí cuando compré los condones y el lubricante. Quizás sería bueno tenerlo allí; No sé si tiene preferencia o no. No había prestado atención antes y solo lo habíamos hecho unas pocas veces. Y él había perdido su virginidad en algo de una sola vez cuando comenzó la escuela secundaria.

Tiene más experiencia que yo, aunque nunca le he preguntado cuánta experiencia tiene. Nunca surgió en una conversación y no sé si importa. Supongo que debería, pero no voy a tener esa discusión.

Al menos *ahora* no.

"Bien". Salto de la cabina de la camioneta.

Cerrando la puerta de la camioneta, Jett y yo entramos, con las manos en nuestros respectivos bolsillos, gorras y sudaderas con capucha haciéndonos ver como un conjunto combinado.

Como es temprano en un día festivo, la tienda solo tiene un par de personas adentro y yo deambulo por los pasillos. No tengo idea de dónde están los condones, después de todo, esta es la primera vez que hago este tipo de compra.

"Um", señala Jett al otro lado de la tienda, "¿de esa manera?".

Me río por lo bajo y mis mejillas se ponen calientes. "No es exactamente lo que estoy buscando". Doblando por un pasillo, encuentro los condones, parada frente al estante cerrado. Eso es correcto. ¡Está *cerrado!*

Jett retrocede al final, mirándome con una ceja levantada. "¿Cat?" Su voz es aguda y chillona.

"¿Por qué está cerrado?". Lo miro, luego aparto la mirada cuando mis mejillas comienzan a arder.

Se encoge de hombros. "Um, ¿qué estás haciendo?". Su voz es un susurro nervioso y su cabeza gira sobre su cuello, mirando a su alrededor en busca de alguien que pueda escuchar.

Suspirando, balanceo mi cabeza hacia él. Tendré que lidiar con parecer un payaso con esas manchas redondas y brillantes en las mejillas blancas. "Asegurándonos de tener lo que necesitamos 'la próxima vez'".

"Oh. Ya me encargué de eso".

"Bien, ¿entonces no necesito preguntarte tu preferencia?".

O el tamaño. Eso es más importante.

"¿Tamaño?" Esta vez, es mi voz la que chilla.

Él asiente con la cabeza, mirando a cualquier parte menos a mí.

"Está bien, correcto. Tamaño". Miro los estantes, fingiendo a todo el mundo que sé lo que estoy haciendo. "Bueno-". Dejé que mi voz se apagara. ¿Qué más hay que decir al respecto?".

"¿Hay algo más que necesites?" Los dedos de los pies de Jett marcan un ritmo en el piso y sus dedos siguen golpeando sus muslos.

"Um, sí". Mi rubor se profundiza, extendiéndose por mi cuello. Miro a mi alrededor, asegurándome de que no haya ningún asistente cerca para escuchar. "La enfermera dijo que podría necesitar algo para ayudar, bueno, *lubricar*".

Traga y sus ojos se agrandan. "¿Hablaste con una enfermera?".

"Eso es lo que estaba haciendo en el baño del restaurante. Me di cuenta de que debía asegurarme de que todo estuviera bien antes de hacer algo".

Él mira, en silencio. Luego asiente y arrastra los pies hacia mí, mirando los estantes. "Entonces, ¿qué necesitas comprar?".

Me encojo de hombros. "No estoy segura".

"¿Quieres preguntar?".

"Diablos, no". ¿En serio? ¿Preguntar?

Nos quedamos allí, con intentando adivinar, las manos en los bolsillos de los jeans, leyendo, perdidos.

Jett señala. "Ese se está *calentando*".

"¿Qué significa eso?".

Levanta los hombros, manteniéndolos arriba mientras me mira. Se relaja y señala de nuevo, una suave risa escapa de sus labios. "Bueno, ese tiene sabor a fresa".

"¿Tienen sabores?" Me inclino más cerca, leyendo sobre el empaque. "¿Por qué?".

"¿Quizás," Jett se retuerce a mi lado, "para mantener la lengua del chico interesada?".

Miro a Jett; me mira fijamente.

"¿Puedo ayudarte?".

Ambos saltamos al oír la voz detrás de nosotros, las mejillas encendidas, mi corazón saltando un millón de latidos. Es una mujer, mayor, con canas, que lleva una etiqueta con su nombre que dice: Farmacia Gracie.

"Necesita lubricante". Jett me señala con los ojos muy abiertos, como un niño al que han pillado haciendo algo malo.

Mi garganta se cierra y no puedo hablar, solo asentir con la cabeza, la holgura de mi sombrero rebota a lo largo de mi nuca.

La mujer me mira con desprecio, sus anteojos se deslizan un poco hacia abajo, por lo que parece una abuela en un cuento de hadas. "¿Lubricante?".

Asiento de nuevo. Quizás deberíamos ir al Rite-Aid al otro lado de la calle.

"¿Natural?".

Me encojo de hombros. Mi garganta todavía no funciona.

Suspirando, la mujer saca un tubo blanco del estante y me lo entrega. "Para todo uso, sin perfume, sin sabor. Y ten cuidado con las otras cosas, algunas personas tienen reacciones alérgicas. Ah, y asegúrate de que sea a base de agua si usas condones. El petróleo puede descomponer el látex. No eres alérgica al látex, ¿verdad?".

Finalmente puedo negar con la cabeza, agarrando el tubo en mi mano. Mi voz también empieza a funcionar y me las arreglo para gritar un patético 'gracias'.

Jett le ofrece una leve sonrisa, sus mejillas del color del tubo de lubricante con sabor a fresa.

Dirigiéndonos al frente para que podamos pagar, con la cabeza baja, Jett y yo nos quedamos callados. En la caja registradora, la cajera ni siquiera mira nuestra compra, gracias a Dios, simplemente la escanea, la arroja en una bolsa y señala con el pulgar el pequeño estante de barras de chocolate en oferta.

Agarrando uno, Jett lo arroja sobre el mostrador. Ahora está pálido, así que tal vez necesite azúcar. Respirando entrecortado, tomo un segundo y lo coloco con el suyo.

El cajero marca todo y le ofrezco un billete de veinte y me da el cambio, sin molestarme en contarlo antes de meterlo en el bolsillo. De vuelta afuera, el viento fuerte enfría mis mejillas calientes y mis músculos se relajan.

En la camioneta, nos sentamos un momento, el motor apagado, nuestra respiración pesada y fuera de lugar. Las ventanas se empañan.

"Debería haberme quedado en la camioneta". Jett agarra el volante y luego enciende el motor.

"No habría podido pedirlo. Y no habría podido conseguir los condones".

"Ya te lo dije. Ya me encargué de eso". Enciende el motor y hace retroceder la camioneta, presionando los frenos para no chocar contra un Prius que atraviesa el estacionamiento para evitar la luz roja en la esquina. "¿Y por qué no lo habías preguntado? Le preguntaste a una enfermera sobre tener relaciones sexuales".

"Eso fue por teléfono. Ella realmente no sabía quién era yo". Hablando en términos relativos, había sido seguro preguntarle a la enfermera. Aparte de todo el asunto del anonimato, si descubría quién era yo, estaba legalmente obligada a no hablar de ello con mis padres.

Oh Dios. Mi madre compra aquí. ¿Conocería la farmacia Gracie? Peor aún, ¿la conocerían en la Farmacia Gracie? ¿Y que soy su hija y que me había pillado con las manos en la masa comprando lubricante con un chico?

Rebusco en la bolsa en busca de las barras de chocolate y le entrego una a Jett antes de abrir el paquete de la otra.

"Entonces, ¿adónde?" Un trozo de barra de chocolate confunde sus palabras. La camioneta se mueve de nuevo, lento, mientras Jett espera mi respuesta.

"¿Al centro comercial? O podríamos ir al museo Chrysler y mirar alrededor".

"Chrysler será". Grita a la derecha y nos vamos.

VEINTIDÓS

Es agradable pasear por el museo. Es tranquilo, con solo unas pocas personas presentes. La mayoría probablemente esté funcionando; después de todo, es martes.

No puedo ver CHKD, el Hospital de Niños de las Hijas del Rey, el hospital de niños al que voy para recibir mi quimioterapia, desde los escalones de la entrada, pero sé que está allí, al este, detrás de los edificios y más allá de las calles.

El hospital se encuentra justo en el río y a veces, consigo una habitación junto al río, para poder sentarme y ver pasar los barcos.

Nuestra proximidad me recuerda que pronto —¡Ya el lunes! - volveré allí, con una quimio espesa y amarilla bombeando en mi pecho, un vaso constante de agua helada forzado para mí ayuda a sacar la mierda de nuevo.

Jett debe notar hacia dónde estoy mirando. "Vendré a visitarte de nuevo. Incluso los días entre semana".

"Sí, pero no faltes a la escuela". Le doy un puñetazo en el brazo. "Necesitas graduarte". Necesito que se gradúe, en caso de que yo no lo logre. En caso de que me debilite y no pueda continuar con la escuela este año.

Me mira pero no dice nada, solo levanta mi puño para pasar su dedo por el mío y abrazarlos. Sus labios rozan mi sien y cierro los ojos. "¿Hacia dónde ahora?".

Buena pregunta. Mamá ha estado enviando mensajes de texto toda la mañana: sobre Kelly, finalmente dejó de llorar cuando papá llamó; que papá le dijo a Kelly en qué hotel se hospedaba, uno cerca del aeropuerto con piscina; que Chantilly todavía estaba en el vestíbulo y lo pondríamos en la repisa de la chimenea cuando llegara a casa, pero que no me apresurara, tenía todo el día para mí.

"¿Comemos?".

Él sonríe, pensando que tengo hambre, pero de nuevo, es más que NO tengo hambre y quiero que coma.

Terminamos en el Starbucks de Gante y yo compré un macchiato de caramelo y él recibe su té negro dulce sin hielo y un sándwich del mostrador.

"Podríamos compartir el postre". Jett me sonríe, mirando las golosinas llenas de azúcar. "Tienen los muffins de tarta de queso y calabaza que tanto te gustaron el año pasado".

El año pasado. La vida había sido diferente *el año pasado*. Habíamos estado juntos por primera vez, remaba todos los días excepto los domingos, y en esa brecha de media hora entre la escuela y la práctica, Jett nos había llevado al autoservicio de Starbucks todos los viernes para tomar un café y una golosina.

"Tal vez un bollo de arándanos". Esos no son tan picantes, por lo que hay menos preocupación de que se me revuelva el estómago. Y me encantan los arándanos. Especialmente en bollos.

De pie, Jett se acerca a la caja y ordena el bollo caliente, con glaseado de azúcar añadido. La chica de la caja registradora coquetea con él, agitando las pestañas y riendo.

Aparto la mirada. Supongo que ella considera que está disponible.

"'¿Qué pasa?'". Deja el plato con el bollo sobre la mesa, toma mi mano y aprieta.

"Nada. Solo estoy pensando". Arranco el extremo del bollo y me lo como, sabiendo que dejará de hacerme preguntas si estoy comiendo.

Las dudas se agolpan en mi mente nuevamente. Estoy escuálida, casi huesuda. ¿Cómo puede considerarme atractiva así? Las curvas que tenía, que no eran muchas para empezar, se han ido. El tubo de lubricante está en mi bolso, envuelto en la bolsa de Walgreens. Soy consciente de ello, recargada del brazo de la silla, abultado de un lado pero todo lo demás plano. Diablos, el tubo tiene mejores curvas que yo.

Tomo otro trozo de bollo, empapando un poco del esmalte en su interior liso. Quizás necesito hacerme comer más.

"No es nada. Háblame". Jet se inclina hacia adelante, con las manos juntas y descansando sobre la mesa. Mantuvo su voz baja e intensa.

No hay forma de que no pueda responder.

"¿Crees que la chica de la caja registradora es linda?" Lo miro desde debajo de inexistentes pestañas.

Jett me parpadea. "¿Tú sí?".

"¿Qué?" Yo retrocedo.

Se encoge de hombros. "¿Porque lo preguntas?".

Miro hacia afuera y respiro. "Ella estaba coqueteando contigo".

"Okey".

"Entonces, solo me preguntaba. Ella obviamente no pensaba que yo fuera una gran competencia". Lanzo una miga suelta sobre la mesa.

"Ella no te conoce muy bien. Y, ¿te diste cuenta? Yo no le respondí el coqueteo". Los ojos de Jett son oscuros y me miran fijamente, los iris se estremecen para que pueda ver los trozos de marrón cerca del centro.

Asiento y desmorono el último trozo de bollo entre mis dedos.

"No tenemos que hacerlo". Jett levanta mi barbilla. "Nose trata de eso. Bueno, no es de *todo lo* que se trata".

"Lo sé". Mi barbilla golpea sus dedos y acaricia mi mandíbula.

Mi teléfono suena y lo saco de mi bolso, empujando el tubo fuera del camino para descansar la parte inferior. Es un mensaje de Kelly.

ESTOY CON PAPÁ PARA ALMUERZAR.

Respondo el mensaje de texto: Está bien. Dile que lo amo.

Dejando el teléfono sobre la mesa, miro las palabras que escribí en respuesta. Fue una respuesta automática; Realmente no había pensado en lo que estaba escribiendo. Pero es verdad: amo a papá. Simplemente no me agrada a veces.

El teléfono se desliza sobre la mesa y suena.

LO HARÉ. NOS VEMOS EN LA NOCHE. T. A. K.

Sonriendo, guardo el teléfono en mi bolso. Parece que Kelly y yo estamos bien. Algo se eleva en mi pecho, algo de lo que no me había dado cuenta estaba presionando allí.

"¿Todo bien?" Jett asiente con la cabeza hacia mi bolso y el teléfono. Está sonriendo, así que sé que ya sabe la respuesta.

"Sí. Kelly y yo nos hemos reconciliado, supongo".

Guiña un ojo y echa la silla hacia atrás. "¿Lista?".

Me pongo de pie y me echo el bolso al hombro. "Sí".

Tiramos nuestra basura y salimos. El sol brilla, la brisa fresca y la gente se agolpa en la

153

acera. Gante es un barrio para caminar, y se espera el enamoramiento.

Las decoraciones navideñas han comenzado a adornar las tiendas, aunque aún no hemos llegado al Día de Acción de Gracias, y las ventanas centellean en rojo brillante, verde y plateado. No tendremos nieve, al menos no para las vacaciones, pero hay bastantes que la desean.

Estamos estacionados en la calle, así que serpenteamos hacia la camioneta, tomados de la mano.

"¿Hacia dónde ahora?". Pregunta Jett.

Aprieto su mano. ¿Es el momento? ¿Estoy lista? "En algún lugar privado".

Está callado. No camina más rápido, como si no tuviera prisa por llegar a alguna parte y me pregunto si tiene dudas o tal vez cambió de opinión por completo.

"¿Jett?".

"Estoy pensando". Vuelve a apretarme la mano.

Dejo escapar un suspiro entrecortado y él se ríe, acercándome lo suficiente para besarme en la mejilla.

"Quieres un lugar cerrado, ¿verdad? Donde no nos congelemos el culo?".

"Preferiblemente, sí". Me río. Su rostro está arrugado, sus labios fruncidos como si estuviera resolviendo derivaciones implícitas en la clase de matemáticas. "¿Es realmente tan difícil?".

"Bueno, ¿dónde sugieres?".

Yo suspiro. El tiene razón. No es como si fuera verano y hace calor, por lo que cualquier lugar con una cerca puede ser lo suficientemente privado, aunque los mosquitos podrían atraparnos en ese momento. La escuela secundaria está flanqueada por calles en los cuatro lados, y la embarcadero está cerrada con llave. "Tu papa está en tu casa, ¿verdad?".

"Lo está. Tiene un horario de tres días de trabajo y dos de descanso. Regresa al trabajo mañana y el domingo, aunque es fin de semana".

"Mi mamá probablemente también esté en casa, y Kelly podría estar allí ahora". Al ritmo que vamos, ese tubo podría haber sido una pérdida de dinero.

"Está la cochera de mi casa".

Me detengo y él se detiene a mirarme. Estamos bloqueando la acera, nos golpean y la gente suspira o gruñe y camina a nuestro alrededor. "¿La cochera?".

Se encoge de hombros. "Tiene una pequeña zona tipo loft. Incluso hay un colchón en el que Mike solía dormir cuando sus padres estaban, bueno, ya sabes, teniendo problemas". Mike estaba en la banda, era guitarrista y sus padres eran bebedores empedernidos.

"¿Tu papá lo dejó dormir ahí?" Caminamos de nuevo, y los gruñidos disminuyen, aunque la gente apresurada se abalanza sobre nosotros.

"Papá no lo sabía. Y no se lo dije porque no quería meterme en problemas, pero quería ayudar a Mike".

"¿Tu papá no sospechó?" Agarro su hombro para mantenerlo quieto mientras lo miro a los ojos. "Quiero decir, ¿no vendrá a buscarnos?".

"Nah". Jett niega con la cabeza. Llegamos a la camioneta, así que abre la puerta y me sube a la cabina. "Probablemente tiene un par de amigos de la base y están bebiendo cerveza y viendo ESPN. Solo le diré que estoy en el garaje y él estará feliz".

Entonces está bien. Estará sobre un colchón en un garaje. ¿Por qué no? Nuestra primera vez fue debajo de las gradas de la escuela.

"Vamos".

VEINTITRÉS

Es un colchón doble, sin sábanas, escondido bajo la cornisa demasiado inclinada del techo del garaje. Puedes ver las vigas en todas partes, pero encima del colchón alguien había clavado un trozo de madera contrachapada.

"Mike no se quiso clavar un clavo en la cabeza". Jett se mueve hacia los clavos expuestos en una viga abierta a través del ático. "Están éstos y él se clavó uno".

Asiento con la cabeza, mirando a mi alrededor. Incluso yo tengo que agacharme aquí y Jett está casi a gatas.

"Espera aquí. Vuelvo enseguida". Jett me susurra al oído, haciendo que se me ponga la piel de gallina, y me acomodo en el suelo polvoriento, rodeado de cajas de almacenamiento y contenedores de plástico. Hay una pared de ellos entre el colchón y las escaleras que conducen al desván. Me pregunto si Mike los puso allí por privacidad o para esconderse.

Los escalones crujen cuando Jett desciende y el silencio reina por el momento.

Buscando, encuentro una revista Penthouse de hace tres años escondida debajo de un borde del techo improvisado. Parece que Mike se mantuvo ocupado cuando se quedó dormido. Me río y lo vuelvo a meter en el escondite, decidiendo que probablemente no era una buena idea investigar más. ¿Quién sabe qué más dejó Mike allí?

Me quito el sombrero a rayas y me paso la mano por la calva. Todavía está suave y un poco sudoroso. Dejo mi bolso al lado y me quito la chaqueta, respirando profundamente.

Pero todavía me tiemblan las entrañas y me pongo más y más nerviosa cuanto más tiempo tarda Jett en regresar.

Hay una explosión de ruido y vítores durante unos segundos antes de que se corte con el clic de una puerta al cerrarse. Entonces, son los pies de Jett en las escaleras. Parece que los está bajando de dos en dos.

"Oye". Tiene sábanas y almohadas en los brazos. Las deja en el colchón a mi lado y quita la almohada superior en forma de ta-da, destapando la caja de gomas.

Me río y cojo la caja. Grande. Látex. Punta.

"¿Qué es la punta?" Agito la caja para que sepa lo que le estoy preguntando.

Suspira y pone los ojos en blanco. "Significa que tienen una pequeña protuberancia en el extremo para que pase el semen. Menos peligro de que se rompan de esa manera por la presión".

"Oh". Dejo la caja y aparto la mirada.

Muévete mientras hago la cama.

Poniéndome de rodillas en el suelo junto a él, ayudo a poner la sábana ajustable en el colchón y cubro la sábana superior. Ha traído dos almohadas y se superponen en un extremo.

"¿Qué te dijo tu papá cuando trajiste las cosas de tu armario de ropa blanca aquí?".

"Ni siquiera se dio cuenta. Hay un juego en marcha, y creo que uno de los muchachos ya está borracho. Papá le está prestando más atención que a cualquier otra cosa en este momento".

Asiento y me siento en el colchón, jugando con la caja de condones. ¿Debería sacar uno? ¿Debo dejar que Jett haga eso? ¿Debo sacar el lubricante? ¿Dónde lo pondría?

"Oye". Jett toma la caja y la coloca junto a mi bolso. "Ven aquí. Estás pensando demasiado".

Me acerca y me besa, besos largos, besos a sorbos, besos que se funden con la lengua. El nudo de preocupación en mi estómago se disipa un poco. Devolviéndole el beso, recuerdo que no solo nos vamos a besar. De eso se trata.

Sus manos vagan por mi espalda y se deslizan debajo de mi suéter, sus dedos se sumergen debajo de la cintura de mis jeans.

Mis manos también deambulan. Debajo de su camiseta, sobre su pecho para tirar del escaso cabello oscuro que allí crece.

Gruñendo, se aleja, tirando de su camisa por encima de su cabeza. Lo lanza, pero no miro dónde cae. Se recuesta en el colchón, con las manos detrás de la cabeza, mirándome. "Tu turno".

Tragando, me saco el suéter por la cabeza y lo tiro al lado de mi bolso, cubriendo la caja del condón. Solo con mi sostén, mi piel caliente expuesta, tiemblo.

Entonces me atraganto.

Oh Dios. Me llevo las manos al estómago y respiro profundamente por la nariz, tragando saliva. Vuelvo a sentir náuseas y me tapo la boca con las manos, cerrando los ojos y tragando el ácido del estómago impregnado de arándanos que sube por mi garganta.

Quizás el bollo no había sido tan buena idea. O fue el chocolate antes de eso. O el caramelo macchiato.

Jett se levanta, se agacha a mi lado y frota mi espalda con una mano. "Tómatelo con calma. Respira profundo. Por la nariz".

Tomo otro largo aliento por la nariz, arrastrándolo con fuerza. Cuando dejo salir el aire, mi estómago se agita y trago de nuevo, sacudiendo la cabeza y soltando un gemido.

"¿Necesitas un poco de jugo?" Sin esperar mi respuesta, Jett se arrastra hacia las escaleras y desaparece por ellas. Hay vítores y ruido, seguidos de silencio, luego otro rugido explosivo.

En otro momento, Jett está allí, con un vaso de plástico y una jarra de jugo de uva en la mano. Sentado con las piernas cruzadas en el suelo frente a mí, sirve un poco de jugo en el vaso, sus ojos mirando mi rostro todo el tiempo. "Toma".

Trago, tomo el vaso y bebo, dejando que el líquido frío cubra mi garganta que ahora arde. Respiro profundamente por la boca y lo sigo con más jugo. Las lágrimas brotan.

Maldita sea. ¿Qué está pensando Jett ahora?

Se mueve para sentarse en el colchón, tirando de mí para sentarme a su lado, abrazándome contra su costado. "Está bien, Cat. Solo bebe tu jugo".

Como un niño pequeño, obedezco, me acabo todo el vaso y luego otro. Temblando, apoyo mi cabeza contra el pecho de Jett, mordiéndome el labio.

Me atrae más fuerte hacia él, meciéndome un poco.

"Lo arruiné".

"No lo arruinaste. No hicimos nada para arruinarlo".

"Eso es lo que quiero decir. Tuvimos que parar porque iba a vomitar". Me ahogo con un sollozo y meto la nariz en su cuello. "Estoy segura de que fue sexy..."

"Está bien, Cat". Me frota la espalda de nuevo, y eso me hace sentir aún más como una niña pequeña. "No es el fin del mundo. Tenemos mucho tiempo".

Mucho tiempo. Sí. Puede ser difícil encontrar tiempo mientras paso semanas en el hospital. ¿Y si mamá se entera y me regaña hasta la muerte? ¿Y si papá se entera y le hace algo a Jett?

A papá le resultará difícil seguir viviendo en un hotel. Pero no imposible.

Y luego, ya sabes, al final de todas maneras podría *morir*.

VEINTICUATRO

La cena está servida. Mamá se queda callada y Kelly comenta una y otra vez sobre su almuerzo con papá y del hotel donde se está quedando. Supongo que le compró un traje de baño para que pudiera nadar en la piscina esa tarde. Y ella le dijo que le gusta el equipo y que tal vez lo intente el próximo año cuando comience la escuela secundaria.

Supongo que papá estaba emocionado por eso, posteriormente, consiguió el traje y pasaron tiempo en la piscina.

¡Un gran hurra!

Mamá acaba de hacer una gran ensalada con pan caliente de la panadería. No tengo ningún problema para comerlo, aunque me tomo mi tiempo después de casi vomitar esta tarde, y ella intenta sonreír cuando lleno mi plato.

"Entonces," Kelly toma un respiro y se vuelve hacia mí, "¿qué hiciste hoy?".

"Jett y yo fuimos a un museo, almorzamos y luego pasamos el rato en el garaje de su casa". Lo suficientemente cerca de la verdad.

"¿Su garaje?" Mamá hace una pausa con un tenedor de lechuga a medio camino de su boca.

"Ahí es donde está su material de banda. Tocaba la batería y trató de enseñarme un poco". No estoy mintiendo. Después de que mi estómago finalmente se calmó, eso es lo que hicimos. Su batería aún está configurada, y dijo que practica cuando puede, pero el resto del equipo de la banda se ha ido con el resto de los miembros.

Lo cual está mal, porque el papá de Jett compró algo. Pero a Jett no parece importarle, y dijo que su papá está feliz de que haya vuelto a la escuela.

"¿Cuál museo?". Kelly felizmente mastica un tomate.

"El Chrysler. Pasamos mucho tiempo en las habitaciones de las ciudades antiguas, mirando el sarcófago que tienen y los grabados chinos".

Estoy bien comiendo mi ensalada. Aunque sin aderezarla. No me arriesgo a que una especia perdida me haga sentir miserable. No creo que mi estómago pueda soportar más hoy.

Mamá asiente. "¿Que comiste en el almuerzo?".

"Café y un bollo". Suspiro, esperando la lección, pero mamá solo asiente y toma otro bocado de su propia cena. "Y me comí una barra de chocolate".

Kelly me lanza una mirada; ella está preocupada. Mamá es demasiado callada. Por lo general, ella era la que hacía todas las preguntas y nos sacaba las respuestas.

"Entonces, ¿cómo te fue con la batería de Jett?".

Y Kelly realmente se está chupando ese bollo.

"Um, no genial". Me río y mamá me mira de nuevo. "No creo que me gane la vida como baterista. Después de eso, simplemente pasamos el rato. Aunque Jett intentó cantarme una de sus nuevas canciones".

"Eso es genial".

"M-hmm".

"Mamá, ¿estás bien?" Dejo el tenedor y aprieto las manos en mi regazo.

"Solo pensaba. Solo pensaba". Mamá se pone de pie y tira la ensalada a medio comer a la basura, la tira y deja el plato en el fregadero. "¿Pueden ustedes dos limpiar cuando hayan terminado y encender el lavaplatos?".

"Seguro". Lo hacemos de todos modos, a menos que no me sienta bien. Entonces Kelly lo hace sola.

Joder, pero esta enfermedad tampoco es justa para ella.

Kelly asiente y sigue comiendo. Ya ha comido la mitad de la barra de pan, untando la mantequilla espesa y dejando que se derrita en el interior humeante.

"¿Qué más hiciste hoy?" Kelly se lame la grasa de mantequilla de los labios y me mira con el ceño fruncido.

¿Qué diablos sabía ella? ¿Se estaba mostrando? ¿Mamá podría decirlo y por eso está callada y distraída? Hubiera esperado que ella se enojara y gritara.

"¿Te besaste?" Kelly toma un nuevo trozo de pan y comienza a ponerle mantequilla.

"Puede ser". Está bien, ella solo es una estudiante de secundaria y nadie puede decir que soy un poco diferente a la última vez que me vieron.

"A papá no le gusta Jett".

"Lo sé".

"Quiero decir, *realmente* no le agrada". Kelly deja su pan y suspira. "Me hizo todo tipo de preguntas sobre cuánto tiempo estuvieron juntos de nuevo y estaban saliendo y por qué mamá no había puesto fin a todas esas tonterías".

Mi sospecha de que papá tuvo algo que ver con Jett rompió conmigo se hizo más fuerte. Pincho un tomate cherry con un tenedor y el jugo se derrama sobre la mesa, marcando una mancha rojiza en el mantel de color crema en el espacio vacío de papá en la mesa.

"¿Preguntó por mí y el equipo de remo?".

"Sí, pero lo distraí hablándole de que quizás probaría el año que viene. Pensé que no necesitabas que él se emocionara de que volvieras a hacerlo cuando no lo harás".

"Gracias. ¿Dijo algo sobre mi cáncer?".

"No". Kelly se deja caer contra su silla, frunciendo el ceño y cruzando los brazos. "No preguntó nada al respecto. Ni siquiera lo mencionó. Como si no supiera que lo tuvieras, o algo así".

"Jett cree que lo niega, y por eso está presionando para que mejoren mis calificaciones y con lo de mi equipo. Cree que todo debería ser igual que antes". Empujo el diente del tenedor a través del tomate, destripándolo antes de dejarlo a un lado. Perdí el poco apetito que tenía.

"Creo que Jett tiene razón. Creo que mamá también lo estaba negando, pero ahora no lo está".

"¿Qué cambió para mamá?"

"Chantilly".

Mamá lo había dicho. Y ahora el pobre Chantilly había muerto y tal vez podríamos haberlo evitado si hubiéramos escuchado al veterinario. Quizás eso era lo que había cambiado a mamá.

"Oye", mamá asomó la cabeza por la puerta y levantó la llamativa urna, "coloquemos a Chantilly, ¿eh?" Ella sonríe, aunque parece forzada y si la sostiene demasiado, sus labios se agrietarán y se caerán.

"¿Y los platos?" Kelly asiente con la cabeza hacia la mesa.

"Todas nos ocuparemos de ellos después de esto". Se vuelve y se dirige a la sala de estar y a la amplia cubierta de madera, pintada de blanco y a la chimenea de mármol rojo italiano. Hay fotos en marcos negros en exhibición, la urna de bronce con la mitad de

Tato en ella, chucherías de México y los viajes de papá.

La cubierta está abarrotada. Parece que no podría caber algún otro elemento o podría caerse de la pared.

"Mamá, puede que no haya lugar". La urna de hojalata con el perro es más grande que la de latón con Tato. Diablos, la urna es más grande que Chantilly.

Mamá suspira. "Le haremos un lugar".

Kelly ladea la cabeza. "¿Quizás los platos pequeños se puedan colgar en la pared? La cocina de la mamá de Samantha Baker tiene un montón de platos colgados. Puedes conseguir ganchos especiales y todo".

"Mmm". Mamá golpea la parte superior de la urna con una uña de color rojo manzana. "Veamos cómo se ve eso".

Una vez que Kelly y yo bajamos los platos (tienen fotografías de capitales europeas en ellos), la cubierta parece casi desnuda.

Mamá asiente y acerca un par de cuadros de fotos. Limpiando la acumulación de polvo en el extremo, coloca la urna, girándola en la esquina. "Ahí. ¿Cómo queda?".

Mirando las dos urnas que flanquean los retratos de la familia y la escuela, no puedo evitar el pensamiento morboso: ¿a dónde irá mi urna? ¿En medio con las fotos? ¿O en un extremo con Tato o Chantilly?

Soy lo suficientemente inteligente como para no expresar la pregunta, aunque casi tengo que morderme la lengua para evitar que salga.

Mamá tiene una sonrisa acuosa y Kelly tiene una mirada de orgullo en su rostro. Están contentas con el arreglo. No hay razón para estropear eso. "Se ve bien".

Asintiendo, mamá se limpia las manos, como si hubiera sido una tarea onerosa. "Bueno, entonces, a los platos".

Los platos de recuerdo de papá se dejan en la mesa de café, polvorientos y apilados, como un conjunto olvidado de tesoros. Mi estómago se retuerce cuando los miro. Papá está muy orgulloso de esos platos, todos con un estilo diferente. Los había comprado en todas las ciudades en las que había estado en Europa por negocios: Londres, París, Madrid, Roma; tiene dos de Roma, porque había estado allí por segunda vez y había encontrado un plato mejor. Sin embargo, el viejo no había bajado.

"¿Qué pasa con los platos de papá?". No se sentía bien dejarlos allí. ¿Y si papá pasaba y los veía? ¿Pensaría que lo estábamos echando?

Mamá mira el montículo de porcelana. "Tendremos que guardarlos hasta que tenga los portaplatos. Creo que podríamos ponerlos sobre el sofá, ¿qué te parece?".

Esa pared está desnuda excepto por una mala acuarela de una ola que llega a la orilla. No encajaba con el resto de la decoración, pero mamá lo había comprado en una feria de arte a un artista local.

"Sí", asiente Kelly, "podemos deshacernos de la pintura".

"También conseguiré soportes para platos adicionales, para que podamos agregar más tarde". Mamá sonríe a los platos. "Sabes que Paul conseguirá más. Siempre lo hace".

Eso me hace sentir mejor, después de que los platos estén bajo el agua batida en el lavaplatos, tomamos una caja del armario y periódicos de la papelera de reciclaje para empacarlos.

"Puedo conseguir las perchas mañana, así que quizás podamos ponerlas el fin de semana".

"Eso estará bien". Kelly envuelve su plato favorito, el de Londres porque muestra el Big Ben, en tres periódicos antes de colocarlo en la caja. "¿Crees que a papá le importará?".

"No a largo plazo". Mamá envuelve el de Milán y lo coloca encima de la pila de la caja.

Sostengo los dos de Roma. Es asombroso lo diferentes que son. Papá los tiene con diez años de diferencia, y el viejo es turístico, con muchos colores chillones que se difuminan a lo largo de las líneas. El otro es más elegante, un fondo blanco inmaculado con finas líneas rojas que representan el Panteón.

"¿Crees que papá trajo uno de Suiza?".

"Quizás". Mamá se encoge de hombros y pone el de París encima y suspire con los hombros caídos. "Todavía no tiene uno de allí, no le ha gustado ninguno de los que ha visto".

"Sin embargo, trajo chocolate. Me dejó un trozo después del almuerzo, pero está guardando el resto para que ustedes dos puedan tomar un poco". Kelly chasquea los labios. "Mm bueno".

VEINTICINCO

Jett no está esperando en la esquina para recogerme al día siguiente. No, está estacionado justo en frente de la casa, acelerando el motor para que siga funcionando. Una vez que salgo por la puerta, mi respiración se congela y mi nariz se rompe por dentro.

Anoche hizo frío y esta mañana, mamá se tomó el tiempo para preocuparse por mí y hacerme usar mi pesado abrigo de invierno.

"Mañana". Subo a la cabina y cierro la puerta detrás de mí.

"Mañana". Me entrega una taza verde y blanca, la crema batida se filtra por el pequeño orificio de la tapa.

"Mmm". Tomo un sorbo. "Gracias".

"Con gusto". Él sonríe y vuelve a encender el motor, poniendo la camioneta en marcha y soltando el freno.

El caramel del café me ayuda a calentarme y mantiene mis dedos calientes incluso sin mis guantes.

El estacionamiento de la escuela está casi vacío. Parece que un montón de gente está teniendo problemas para llegar a la escuela hoy.

"Casi no arranca la camioneta esta mañana". Jett tiene su propia taza de café. No es habitual que él compre café por la mañana, por lo que debe haber estado realmente frío al detenerse a comprar. Lleva su propio bolso sobre un hombro y mi mensajero rosa sobre el otro.

"Parece que este año sí podríamos tener un invierno". Norfolk es conocido porque no cae nieve. En Carolina del Norte, justo al sur de nuestro estado, caerá nieve, pero nosotros no. Washington, DC, al norte, recibirá nieve, lo suficiente como para cerrar al gobierno por un día, pero no a nosotros. Roanoke tendrá nieve, mucha nieve; y nosotros solo tendremos lluvia.

"Podría ser lindo. Tal vez tengamos algunos días de nieve".

Me río. "Quizás". Con mi suerte, la tengamos los días que esté en el hospital.

"¿Ustedes aún irán a Pensilvania para el Día de Acción de Gracias?".

"No lo sé". Pasamos por las puertas delanteras y saludamos a los guardias, Jett se detiene para revisar rápidamente nuestras mochilas. "Mamá no ha mencionado que no vaya".

"¿Estás lista para la próxima semana?".

Me encojo de hombros. Nunca estoy lista para la semana de quimioterapia. Parece venir rápido. Como si acabara de salir del hospital y volviera a entrar. Pensé que se sentiría más largo una vez que estuviera en el ciclo de

173

cuatro semanas, pero con la escuela y todo lo demás, no parece que sea así.

"Estuviste ahí casi toda la semana la última vez".

"Sí". Nos sentamos en una mesa en el área común, bebiendo nuestro café, mi estómago se revuelve ante los aromas del tocino y las salchichas que se cocinan para los sándwiches del desayuno.

"¿Por qué está tardando más?" La voz de Jett es suave, y hace girar su taza vacía sobre la mesa frente a él, mirándola girar.

"No lo sé. Creo que simplemente empieza a tomar más tiempo".

"No hay nada de malo, ¿verdad?".

Lo miro fijamente. "¿Qué? No. ¿Por qué me preguntas eso?".

Traga, la nuez de Adán se agita en su garganta. "Solo me preguntaba. Sabes, bueno, ayer en el garaje, y anoche, acostado en la oscuridad, comencé a preocuparme de que tal vez...", su voz se apaga y agarra la taza.

Extendiendo una mano, con la palma hacia arriba, busco entrelazar sus dedos con los míos.

"Mi última tomografía por emisión de positrones mostró que la masa ya no está creciendo. Eso es lo que se supone que está sucediendo. Y el Dr. Sions dijo que podría estar disminuyendo ya. Lo sabrán con seguridad en la próxima resonancia magnética. Ésa es una muy buena señal".

Él asiente, pero no dice nada. Sus ojos son oscuros, con anillos profundos debajo de ellos.

"Lo otro, bueno," me encojo de hombros y agarro sus dedos, "No estaba lista, supongo. Quiero hacerlo. La enfermera dijo que puedo si quiero. Ya sabes, no puedo hacer lo que quiera, pero de la manera que puedo si mi cuerpo tiene ganas de hacerlo... Sin embargo, ella me recordó que no me meta en problemas".

"¿En problemas?" Su palma está sudada en la mía.

Respiro hondo. "No estoy diciendo esto muy bien. Mamá y papá son todos 'eres demasiado joven para tener sexo' y nos escabullimos y yo no tomaba la píldora ni nada. Tengo dieciocho años y tengo que cuidarme de cosas para mí ahora. Puedo hacer esto porque soy una adulta".

"Entonces, fue solo porque ahora tienes dieciocho años". Él retrocede y aprieto sus dedos para evitar que vaya demasiado lejos.

"No. Quiero decir, puedo hablar con un médico por mi cuenta, obtener anticonceptivos por mi cuenta. Soy adulta para eso".

Él asiente con la cabeza, pero todavía se sienta rígido y lejos de mí.

"Jett, estamos cerca de nuevo y quiero, ya sabes, contigo, tengo dieciocho años, así que tengo que asumir la responsabilidad". Todavía estoy arruinando esto y hago una mueca y suspiro. Necesito que lo entienda. No puedo perderlo ahora.

Se inclina cerca. "Te amo Cat".

"Lo sé".

"¿Me amas?".

Maldita sea. ¿Por qué tiene que hacer esa pregunta ahora mismo? Estamos en la escuela, en el área común, con más y más niños ingresando todo el tiempo. "Sí".

"Entonces dilo".

Mi garganta se cierra. ¿Por qué no puedo decirlo? Lo siento. Está ahí, justo debajo de mi piel, llenándome cada vez que estamos juntos.

Saca mi dedo del suyo y se pone de pie. "Tengo un examen esta mañana, así que será mejor que me vaya. ¿Estás bien para ir a clases?".

Asiento con la cabeza. Las lágrimas se deslizan por debajo de mis párpados, haciendo que mi visión se vuelva borrosa. Su forma es una mancha de acuarela que se aleja cuando respiro profundamente y tomo el último sorbo de mi macchiato de caramelo ahora frío.

"Oye, Cat". Es Dylan, del equipo de remo. Ella estaba en mi bote el año pasado, en el ocho conmigo, pero emparejada con Sam. Su largo cabello rubio está recogido con una trenza apretada, una banda delgada para el cabello mantiene los mechones más cortos alrededor de su cara hacia atrás y ordenados.

"Hola". Mi voz gruñe y pienso en ponerle un ojo morado.

"¿Estás bien?" Toma el lugar de Jett al otro lado de la mesa, cruzando las manos frente a ella. Al menos eso parece. Ella está tan borrosa como él. "¿No suele estar Jett aquí contigo?".

"Tiene un examen, así que tenía que llegar a clase".

"Está bien. ¿Necesitas ayuda?".

"No, puedo arreglármelas".

"¿Necesitas compañía?".

Parpadeo y su rostro se enfoca. "Seguro".

Ella sonríe y nos ponemos de pie, recogiendo nuestras bolsas y yo mi basura. El pasillo no está lleno de gente y ella conversa mientras caminamos. "El bote está bastante bien, pero todos te extrañamos. El entrenador no ha decidido si Taylor o Neveah estarán en tu asiento. Creo que todavía espera un poco que regreses".

"El médico dijo que no puedo".

"Lo sé". Ella se encoge de hombros. "Sin embargo, todos te extrañamos. ¡Ah! nos hicieron camisetas especiales para la última regata de otoño. ¿Podrás venir a vernos?".

"¿Cuándo es?".

"El primer sábado de diciembre. Lo llaman la regata St. Nick Sleigh Run. Estamos recolectando juguetes para el Joy Fund".

"Debería poder hacerlo. Habré estado fuera del hospital una semana entera para entonces".

"¿Sigues recibiendo quimioterapia?" Dylan se detiene y me mira.

Asiento con la cabeza. "Sí. Pero no tan seguidas. Habrán sido como diez en total cuando termine".

Dylan asiente y comienza a caminar de nuevo. "No lo sabía. Cuando regresaste a la escuela, nosotras, el equipo, todas pensamos que habías terminado y que no teníamos que preocuparnos más. Que solo estabas descansando y volviéndote más fuerte ahora".

¿Se habían estado preocupando?

"Quiero decir, supongo que tiene sentido. Sé que puede llevar mucho tiempo vencer al cáncer. Pero estábamos pensando que tal vez estarías de regreso en la primavera. Tu papá ha estado hablando con el entrenador sobre eso".

¿Papá está hablando con el entrenador?

"¿Cuando?".

"Ayer. Tuvimos un paseo en remo solo de chicas antes de la cena. Los chicos tuvieron su paseo en la mañana".

No sé qué pensar sobre eso, qué sentirme de que papá hable con el entrenador sobre mí remando en la primavera, especialmente cuando se fue tan fácilmente y todavía no me escucha, o mejor dicho, a mi médico. Tal vez pueda hacer que el Dr. Sions hable más alto la semana que viene. Tal vez pueda hacer que grite.

Si papá viene a visitarme.

"Entonces, ¿volverás a recibir quimioterapia la semana que viene?" Dylan frunce el ceño, como si estuviera haciendo matemáticas en su cabeza.

"Sí. El lunes por la mañana me hacen pruebas y empiezan a hacerme beber agua. Luego recibiré la quimioterapia el martes y estaré allí hasta que me lave todo".

"Oh. ¿Puedo ir a visitarte?".

El shock me hace temblar. "¿Tú quieres?".

"¿Por qué no? Me gustaría verte. Puedo traer al resto del equipo si quieres. Puede ser después de la práctica, así que todos apestaremos, pero iremos".

Yo sonrío. "Gracias. Creo que me gustaría eso. Pero no vengas el martes. Normalmente solo duermo los martes. Me drogan bastante, así que no tendré una reacción alérgica ni vomitaré demasiado".

Dylan asiente. "¿Qué puedes comer?".

"Lo que yo quiera. Cualquier cosa que me dé ganas de comer, tratan de dármelo". Me río. "A veces, las enfermeras simplemente me traen helado y pastel. O pudín. Deben conseguirlo a granel o algo así".

Ahora estamos frente a mi salón de clases, así que Dylan me saluda y entro, tomando el asiento más cercano al bote de basura.

Eh. No es que tenga ganas de estar en el hospital, pero me gustaría la visita de Dylan y las otras chicas del equipo.

VEINTISEIS

Jett está esperando fuera de mi salón de clases cuando suena la campana del almuerzo. Se ve pálido, con la mandíbula apretada, mirando hacia el pasillo.

"Oye". Susurro para no asustarlo.

Gira ante mi voz. "Lo siento. Por esta mañana".

"Está bien".

"No, no lo está. No sé por qué fui tan insistente".

"Porque necesito decirlo. Tú lo has hecho".

"No, no es necesario que lo digas. Eso es tan malo como un hombre presionando a una chica para que tenga sexo. No es lo más varonil". Jett agarra la correa de su bolso y mira fijamente un punto justo por encima de mi hombro.

"Jett, lo siento. Realmente lo siento".

"Entonces, ¿por qué no puedes decirlo?". Me mira fijamente, sus ojos clavados en los míos.

Trata de no ser agresivo. Pero no puedo enojarme con él. Está intentando no hacerlo. Y si fuera al revés, lo estaría presionando.

Demonios, lo hice cuando salimos antes.

"No sé".

Cierra los ojos y toma aire, sus fosas nasales dilatadas. "Cambiemos de tema, ¿de acuerdo? No quiero que peleemos".

No digo nada, pero tomo su mano y comenzamos a caminar por el pasillo. Los chicos se apresuran hacia las áreas comunes. Las filas para el almuerzo se vuelven ridículas el día del sándwich de pollo frito.

"¿Cómo estuvo tu examen?" Le doy un codazo con el hombro. Todavía está rígido, sus hombros rígidos. No me ha besado, ni siquiera en la mejilla.

"Estuvo bien, supongo. Sabía la mayor parte".

"Entonces, ¿pasaste?".

"Si, probablemente".

Volvemos a guardar silencio, acercándonos a las áreas comunes. Ya puedo ver la línea.

"¿Vas a comprar hoy?" Jett finalmente me mira.

Niego con la cabeza. "Traje arroz y un huevo duro".

Hace un sonido burlón y miro hacia arriba para encontrarlo escondiendo una risa.

"¿Qué?".

"¿No es como una comida del tercer mundo o algo así?".

Lo empujo pero él no se mueve, su risa se hace lo suficientemente fuerte como para atraer miradas de estudiantes y maestros por igual.

"Oye, no se permiten sombreros". Un hombre vestido como un maestro - pantalones de vestir, camisa blanca y corbata azul - marcha hacia nosotros, agitando una mano hacia el sombrero a rayas en mi cabeza. Debe ser un sustituto o no me estaría hablando así.

"Ella tiene permiso". Jett se endereza y lo mira fijamente. Es casi una cabeza más alto que el maestro.

"Dije que tiene que quitárselo".

"Jett, está bien". Tiro de su manga. No quiero que vuelva a meterse en problemas. Ninguno de los dos lo necesita. Me quito el sombrero, mostrando mi piel pálida y calva. El nivel de sonido en las áreas comunes desciende y el maestro pasa saliva.

"Oh, um".

"Te dije que tenía permiso". Jett toma mi sombrero y lo pone en su bolso, tomando mi mano para llevarme a una mesa.

El maestro se queda congelado en su lugar, sin saber qué hacer ahora. Un par de maestros que vienen de la oficina de administración lo miran con el ceño fruncido, y uno se acerca para hablar con él, señalando con el dedo.

Todos miran mi cabeza. No había ido antes a la escuela sin cubrirla. Nunca me puse una peluca, pero nunca mostré mi cabeza rapada descubierta en la escuela.

Dylan está en una mesa con un par de remeros más. Ella se pone de pie, mirando al maestra ofensivo. "Así se hace, Sr. Brown".

El maestro tiene la cara roja como una remolacha y parece que le hubiera gustado que el piso se abriera y se lo tragara. No me importaría si lo hiciera, siempre y cuando yo también fuera. Aunque no me importan las palabras de Dylan, me importan las miradas.

"Oye, está bien". Hablo fuerte, pero mi voz es áspera. "No creo que él lo supiera".

Algunos estudiantes me miran admirados con la boca abierta. ¿Por qué creen que he estado usando gorros y bufandas? ¿Ese Jett se afeitó la cabeza?

Bueno, para ser honesta, podrían pensar que fue algo que Jett hizo por su banda. Pero aún así.

Las porristas se levantan de su mesa y aunque no están vestidas su uniforme, llevan sudaderas de Granby y tienen sus pompones en miniatura en las manos.

"Cat, Cat, lucha. Cat, Cat, lucha". Están paradas en una línea en el centro de las áreas comunes, mirándome, cantando, las bolas de oropel azul y amarillo en sus manos crujiendo y temblando. "¡Sí, Cat!" No saltan alto, pero sí saltan, y levantan las manos, como si alguien hubiera anotado, y luego el resto de los estudiantes comienzan a vitorear, saltar y gritar mi nombre.

Dylan y los remeros también se ponen de pie y saltan.

El calor inunda mis mejillas y me quedo clavada en el suelo, sin saber qué hacer. ¿Debería animarme yo también? ¿Debería aplaudir?

Una pequeña parte de mí está enojada. ¿Cómo se atreven a avergonzarme así? Pero otra parte se está animando con ellos. A diferencia de ese profesor despistado, ellos sabían sobre mi cáncer, y aunque nunca antes habían visto mi cabeza así, estaban conmigo.

¿Qué había dicho mamá? ¿Que ella y papá tenían que ponerse de mi lado? ¿Ese Jett siempre había estado en mi equipo?

Y ahora, aquí estoy, con porristas y estudiantes haciéndome saber que me estaban animando.

Supongo que será mejor que gane entonces.

No, no creo. Lo sé. Con tanta gente de mi lado, ¿cómo podría perder?

"¿Jett?" Volteo a mirarlo.

También se ve perdido, como si no estuviera seguro de si debería agarrarme y correr, o buscarnos una mesa.

"¿Sí?"

Le sonrío. "Te amo".

VEINTISIETE

Salimos temprano y caminamos hacia la camioneta (a todos los estudiantes del último año se les había dado la última clase para un mitin improvisado después de todos esos vítores en el almuerzo) cuando Jett se detiene en medio de la calle.

Agarro su mano y tiro de él para ponerlo a salvo.

"No tuve nada que ver con eso, sabes". Jett arrastra los talones y un coche toca la bocina y pasa a toda velocidad.

"Lo sé". Me río. "Yo ví tu cara".

"¿Entonces por qué...?" En la acera, pisa fuerte y mira hacia abajo. Tiene las dos mochilas escolares de nuevo, y hace tanto frío que su aliento se condensa cuando exhala.

Habla en serio. Lo que significa que necesito darle una respuesta seria. Nada frívolo o gracioso. "Subamos a la camioneta antes de que nos congelemos, ¿eh?" Golpeo mis propios pies. Mis zapatillas probablemente no sean un calzado adecuado para el clima. Tendré que preguntarle a mamá sobre cómo sacar el resto de las cosas de invierno del armario.

Caminamos hacia la camioneta, pisando fuerte y soplando aire caliente en nuestras manos desnudas.

Una vez en la cabina, Jett enciende el motor y baja el ventilador hasta que se calienta. "¿Bien?".

"Estaba asustado".

"¿Lo dijiste porque tienes miedo?".

"No. No lo dije porque estaba asustado. Ya no estoy tan asustado".

"¿Cómo es eso?" Se gira en el asiento, con una mano en el volante y la otra colgando del respaldo.

"Con tanta gente apoyándome, ¿cómo puedo perder?".

"No funciona de esa manera. La banda tenía toda una sección de apoyo para el concurso de talentos y aún así perdimos". Está agarrando el volante, pero mirándome. Como si fuera yo la que no entiende.

Suspirando, me dejo caer en el asiento. ¿Como puedo explicar? No estoy muy segura de entenderme a mí misma. "Tal vez miedo es la palabra equivocada. Solo sé que algo me estaba impidiendo decirte lo que sentía por ti, y después de que tú y todos esos estudiantes me defendieron hoy, se fue".

De acuerdo, eso me confundió incluso a mí.

"No lo entiendo".

"Yo tampoco, de verdad. Mira, Jett. No puedo explicarlo. Solo que algo cambió y pude decirlo. Y por la razón que sea, quería decirlo frente a la gente".

"Delante de la gente".

"Sí, como una declaración pública o algo así".

"¿Declaración pública?" Se volvió hacia el volante, girando la perilla para encender la calefacción al máximo. El aire caliente se estrelló contra mí, calentando mi piel helada.

"Lo dijiste en las áreas comunes esta mañana".

"No había nadie ahí con nosotros".

Suspiro y miro por la ventana. Es como si estuviera siendo obtuso a propósito, como si quisiera que me enojara y peleara con él. "No estás escuchando".

Se queda callado por un momento, luego, "¿A casa?".

"Claro. A casa está bien".

Hace retroceder el camión y acelera el motor, poniéndolo en marcha. En la calle principal, permanecemos inactivos en la señal de ALTO.

No hay tráfico.

"¿Jett?" Ni siquiera tiene la luz intermitente encendida.

"¿Quieres pasar por el muelle?".

"Hace demasiado frío. Han cancelado la práctica".

"Oh". Él enciende la intermitente y nos dirigimos por la carretera hacia mi casa, el motor rugiendo, el camión traqueteando. "Lo siento. Realmente es una protesta contra el frío".

"No lo culpo". Aunque el calor arde, estoy temblando.

"¿Todavía tienes frío?".

Asiento con la cabeza.

Jett aprieta la mandíbula y acelera. "¿Cómo está tu estómago?".

"No tengo ganas de vomitar, si eso es lo que estás preguntando".

"Eso es lo que estoy preguntando".

Toma la curva para entrar en mi vecindario demasiado rápido y los neumáticos derrapan. Supongo que tiene prisa por deshacerse de mí. Dando vuelta la camioneta por la acera frente a mi casa, la detiene en el estacionamiento y abro la puerta.

"¿Te veo mañana por la mañana?".

"Sí, estaré lista".

A medio camino de la puerta principal, el motor se apaga y la puerta de su coche se cierra de golpe. "Cat, espera".

Yo paro. No puedo dejar de temblar y mis dientes castañetean.

"Mierda. ¿Qué pasa?" Agarra mi bolso y me arrastra por los escalones de la entrada, toma mi llave y abre la puerta principal. Llegué a casa antes que Kelly y mama no está, las luces están apagadas y la casa está en silencio.

Me empuja al interior y acciona un interruptor de luz. "¿Donde está tu mamá?".

"En la oficina de la iglesia. Todos los miércoles. De la una a las cinco". No puedo hablar con oraciones completas. Incluso en la casa, me estoy congelando.

"Acuéstate en el sofá, Cat".

Lo hago, me quito las zapatillas y me acurruco, tirando de la manta de la espalda por encima de mí.

"¿Cuál es el número de la iglesia?".

"N... n ... nevera". Me empiezan a doler los dientes que castañetean.

Está hablando en la cocina, pero no sé lo que dice. Luego está de vuelta, con una manta, tirándola sobre mí y metiéndola alrededor, frotando sus palmas calientes sobre mis manos rígidas. "He subido el calor. Voy a prepararte algo caliente para beber. ¿Té?".

Asiento y me agacho bajo la manta.

"Tu mamá está de camino a casa. Dijo que estaría aquí en quince minutos".

Asiento de nuevo. No puedo hacer nada más. No puedo pronunciar las palabras.

VEINTIOCHO

Estoy enferma. Y esas no son buenas noticias para el lunes. No puedo recibir quimioterapia si estoy enferma. Si no empiezo la quimioterapia el lunes y tengo que reprogramarla, se perderá el resto de mi programa de quimioterapia, y probablemente estaré allí el fin de semana de la regata.

Y tengo muchas ganas de ir a la regata. Quiero animar al equipo para que gane, al igual que ellos me animaron en la escuela.

Mamá está hablando por teléfono con el Dr. Sions. No volveré a la escuela el resto de la semana, incluso si me siento mejor mañana. Es demasiado arriesgado.

Jett se sienta en la silla de la sala de estar, mirando por la ventana. Su camioneta todavía está en el frente, el auto de mamá estacionado torcido detrás de él en lugar de en la pequeña entrada lateral. El autobús de la escuela secundaria tardía pasa a toda velocidad, sus frenos rechinan cuando se detiene en la esquina para dejar a los niños.

Kelly se estrella contra la puerta principal, tira su bolso y lo cierra de golpe. "¿Qué ocurre?" Su voz se quiebra.

Mamá llama desde la cocina. "Cat tiene un fuerte resfriado, eso es todo. No hay nada de qué preocuparse, Kelly".

Echando un vistazo a la sala de estar, el rostro pálido de Kelly parece el de una niña pequeña.

Sonrío y le hago señas para que pase.

Ella entra sigilosamente, como si tuviera miedo de lo que encontrará.

"Ella nos dio un susto, eso es todo". Jett habla desde la silla, inclinado hacia adelante, con los codos sobre las rodillas. "Un par de días en casa en el sofá y ella se retrasará en sus lecciones como el resto de nosotros".

La broma de Jett no funciona con Kelly.

"Mamá está en casa".

Asiento y acaricio el sofá a mi lado. "Estoy bien. Solo necesitaba calentarme. El Dr. Sions hizo una visita a la casa," moví las cejas pero no me río con ella" y me dió una receta".

"¿Estás segura de que es solo un resfriado?".

Asiento con la cabeza.

"Tuviste sudores nocturnos y esas cosas antes de enfermarte. ¿Estás segura de que no es eso? ¿El linfoma no está empeorando?"

"No está empeorando, Kel. Te dije lo que mostró la PET. Los tumores ya no están creciendo".

"¿Y si lo están? ¿Y el escaneo fue incorrecto?".

Suspiro y cierro los ojos. "Entonces lo verán cuando me haga la resonancia magnética la próxima semana y probablemente recibiré radiación con la quimioterapia". Cansada, solo quiero que las preguntas se detengan. La preocupación por acabar. Me está empezando a estresar.

Pero luego empiezo a pensar. ¿De verdad lo hice? Si lo opuesto a la preocupación y las preguntas es lo que está haciendo papá, negando que incluso estoy enferma, ¿realmente quería eso?

"¿Oye, Kelly? El médico le habría dicho a mamá que la llevara al hospital o llamado a una ambulancia si fuera algo malo". Incluso la voz fuerte de Jett no la calma.

Kelly huele y se frota la cara con una manga. Ella está llorando y con la cara roja. "Simplemente pusieron a la abuela de Mandy Smith en una casa y la dejaron morir porque no pudieron detener su cáncer. ¿Y si no pueden detener el tuyo?".

"Kelly. La abuela de Mandy tenía cáncer de pulmón avanzado y seguía fumando". Mamá entra y se arrodilla frente a Kelly, poniendo una mano en su hombro y una mano en mi brazo. "Eso fue muy diferente de lo que tiene Cat".

"¿Qué tiene Cat? Cáncer, ¿verdad?".

"Cat tiene linfoma". Jett responde por mamá, que mira a Kel como si le hubiera preguntado sobre el significado del universo. Tiene sentido, estuvo allí durante más charlas con el médico que mamá, y había hecho muchas preguntas. "Se detectó temprano y el tratamiento que está recibiendo cura algo así como un 75% de inmediato".

"¿Tiene linfoma en lugar de cáncer?".

"Cariño", dice mamá, "el linfoma es un tipo de cáncer que se encuentra en la sangre".

"Pero su sangre está por todas partes. ¿Cómo puede haber tumores?"

Me levanto sobre la almohada que mamá trajo de mi habitación. "Es más una masa de células que un tumor, aunque todavía se llama así. Y los tumores están en mis ganglios linfáticos, debajo de mi axila. El cáncer puede viajar por mi sistema linfático y puede llegar a mi sangre. Si llega allí, puede llegar a cualquier parte de mi cuerpo. Y eso es malo. Pero ellos no creen que sea tan malo".

Kelly asiente, pero todavía parece confundida.

"Es por eso que tienen que llenarme con tantos medicamentos de quimioterapia. Tienen que llevarlos a todas partes para matar todas las células, por si acaso". Me acerco al respaldo del sofá, dejando espacio para que Kelly se apriete a mi lado.

Lo hace, acurrucándose como cuando éramos niñas y compartíamos la cama durante una tormenta.

Mamá se pone de pie, gimiendo. "Mis rodillas se están poniendo viejas. Voy a terminar de hacer la cena. Sopa de pollo con fideos. Jett, ¿te vas a quedar?".

Me mira y asiente.

"Bien, he hecho una gran olla con eso". Animada, ella se apresura de regreso a la cocina. Dudo que se mantenga animada allí dentro y creo que puedo escuchar un par de sollozos.

"¿Kel?".

"Sí". Su voz es amortiguada por mi suéter, donde ella tiene su rostro empujado en mi hombro. Su aliento caliente se filtra a través del tejido hasta mi piel; se siente bien, casi reconfortante.

"Sabes que puedes preguntarme cualquier cosa sobre mi cáncer. No lo guardes dentro, solo pregúntame".

Ella asiente y huele.

Miro a través de ella a Jett. "Tú también. Sé que los médicos respondieron a tus preguntas, pero sabes que también puedes preguntarme a mí".

Asiente y mira por la ventana.

Yo trago. Tengo más para compartir. "Y hablaré más también. Ninguno de nosotros guarde más cosas dentro, ¿de acuerdo?"

Jett se vuelve hacia mí con las cejas levantadas. Kelly levanta la cabeza.

"No creo que lo haya aceptado del todo tampoco. También he estado en un poco de negación, al igual que papá. Bueno, no solo como papá, pero ya sabes a qué me refiero".

"No. Yo no". Jett me frunce el ceño, sus rodillas rebotan.

"¿Ustedes dos necesitan estar solos? Porque puedo ir a ayudar a mamá si quieren". Kelly me mira a mí a Jett y viceversa.

"Sí, eso creo". Le respondo pero estoy mirando a Jett.

Levanta la manta y sale gateando. Me estremezco cuando el aire fresco me golpea, y Jett se pone de pie para volver a envolverme con las mantas.

"Espera". Agarro su mano cuando hace que se recueste en la silla. Espero a que Kelly se vaya antes de volver a hablar. "Déjame intentar explicarte lo de hoy, Jett. Por favor".

"Okey". Se arrodilla donde había estado mamá, apoyando los codos en el sofá para que se abolla y yo caigo hacia él.

"Todo está en equilibrio. Cuando sucede algo bueno, sucede algo malo para equilibrarlo".

"¿Eh?" Inclina la cabeza.

Aspiro. "Tú eres algo bueno. Si es demasiado bueno, algo debe equilibrarlo y, con el cáncer, podría ser realmente malo".

"¿Estás tratando de decirme que crees que si me amas entonces el cáncer va a ganar?".

Cuando lo dice así suena tan estúpido. Me encojo de hombros y aparto la mirada.

"Eso es como algo totalmente budista, ya sabes. Karma y toda esa basura".

"El karma es hindú".

"Son ambos".

"Y el bien contra el mal es católico".

Jett resopla. "Menos mal que no soy católico entonces".

"Sé que suena estúpido, especialmente cuando lo dices-".

"porque es una estupidez".

"-pero así es como me sentí. Más o menos".

"¿Estás segura de que casi no lo hicimos porque crees que vas a morir y está en tu lista de cosas por hacer?".

"Jett, no tengo una lista de deseos".

Él mira. "Quizás necesites una".

"Si hago una, significa que estoy aceptando que voy a morir".

"No, no es así. Yo tengo una lista de deseos".

"¿Tú la tienes?" Me levanto sobre un codo y Jett me tapa con la manta cuando cae.

"Sí. Y el sexo contigo de nuevo está en la cima. Tocar en un concierto también está ahí, preferiblemente como parte de la atracción principal, pero me tomaré estar en la banda de apertura. Y ver las pirámides y el Gran Cañón".

"¿El Gran Cañón?" Me río. "Y Jett, ya tuvimos sexo antes. ¿Recuerdas?".

"Sí. En una Winnebago".

"No lo hicimos en una Winnebago".

"No, ir al Gran Cañón en una Winnebago. Y también podemos hacerlo allí. Pero eres el número uno en mi lista de deseos para muchas cosas". Me besa, sus labios secos y fugaces, pero después de eso todo se siente bien en el mundo. "Entonces, una lista de deseos no es aceptar que vas a morir. Es un plan para lo que quieres vivir".

Descanso mi cabeza sobre la almohada. "Está bien. Pero ¿por qué pensaste que era por eso que yo, bueno, dije que sí a, ya sabes, todo eso?" Muevo una mano por fuera de la manta. Él sabe a qué me refiero.

"Uno de los chicos lo mencionó".

"¿Que Chico?".

"Solo un chico".

"Jett". Intento que mi voz sea dominante, pero suena muy baja y lo hace reír.

"Bien. Mi papá lo mencionó".

"¿Le dijiste a tu papá?" Grito, sin querer.

"¿Todo bien allí?" Mamá llama desde la cocina y el sonido de los tacones comienza hacia la sala de estar.

"Estamos bien, mamá".

Los pasos retroceden hacia la cocina.

Jett se encoge de hombros y se ruboriza. "Se dio cuenta. Supongo que, después de todo, notó las sábanas. También pudo notar que eras tú".

"¿Cómo pudo saber que era yo?".

"Estaba demasiado feliz, dijo. Y le preocupaba que yo estuviera demasiado entusiasmado contigo cuando tú no estarías tan entusiasmada conmigo".

Maldita sea. Todos los sermones y advertencias de papá revolotean por mi mente. Nunca me di cuenta de que un padre podía preocuparse por un hijo así.

"Mira. Cuando mamá se fue, él estaba realmente roto. Creo que todavía la ama, aunque no me dirá que lo hace. Él se preocupa por ella y ella todavía puede llamar y pedir dinero y él vaciará su ahorros para ella".

Paso una mano por la mejilla de Jett. Está húmedo, pero no lo menciono.

"La cena está en la mesa" Kelly brama y el momento se ha ido. Jett se pone de pie y me ayuda a levantarme también, envolviéndome con la manta.

"¿Cómo se supone que voy a caminar así?".

"¿Te llevo?".

Saco la lengua y me dirijo a la cocina, muy contenta de que esté detrás de mí en caso de que me caiga.

VEINTINUEVE

No vuelvo a la escuela el jueves, y Jett me trae mi tarea, junto con un par de tarjetas para recuperarse: una firmada por los maestros y otra por el equipo de fútbol. Ni siquiera sabía que el equipo de fútbol me conocía.

"No estaré aquí mañana. Pero Dylan dijo que ella traería tu trabajo".

"¿Dylan?".

"Ella estaba revisando el salón cuando yo estaba recogiendo tus cosas. Me dijo que te dijera que te tiene en la lista de oración en su iglesia".

"Oh". No sabía que Dylan iba a la iglesia. "¿Por qué no puedes?" Mi estómago se hace un nudo ante la idea de que no veré a Jett mañana.

Suspira y se pasa la mano por la cabeza. "Mi madre está en la ciudad y quiere que Jake y yo cenemos con ella". Él pone los ojos en blanco.

"¡Qué asco!".

"Sí". Se sienta en el borde del sofá, donde he estado acostado todo el día viendo Dr Who en Netflix. Incluso vi el Dr. Who temprano. Oye, estaba desesperado. "Ella traerá a su nuevo novio y quiere que lo conozcamos".

"Ouch. ¿Cómo se lo está tomando tu papá?" Después de las revelaciones de Jett ayer, puedo imaginar que su papá no se lo está pasando bien con esto.

"No tan mal como en el pasado. Creo que se está acostumbrando a que ella esté con otros chicos".

"¿Cómo lo está tomando Jake?" Jake es solo dos años menor que Jett, pero reprobó un grado cuando su mamá se fue por primera vez, y todavía tiene problemas con la escuela.

Jett se encoge de hombros. "Parece estar bien. Nos veremos después de la cena. Por eso ni siquiera iré después de la escuela. Quiero estar en casa en caso de que me necesite".

Pienso en eso, y una pizca de culpa me muerde. Cuando papá se fue y Kelly estaba tan molesta, la dejé con mamá, pensando solo en mí y en todos los planes que había hecho para mí y Jett.

La próxima vez, juré, sería como Jett y pondría a Kelly primero. Ella se lo merece. Ella ha sido un buen soldado con mi cáncer.

"¿Qué?" Jett inclina mi cabeza hacia arriba y parpadeo.

"Solo estoy pensando. No creo que yo sea una hermana mayor tan buena como tú lo eres".

No dice nada. No puede. Estoy en lo cierto.

Pero entonces, "¿cómo es eso?".

"No importa". No quiero hablar de ello. Simplemente me hará sentir peor al respecto.

"Tu papá no te dejó. Dejó tu cáncer".

Le arqueo una ceja.

"Sabes a lo que me refiero".

Asiento con la cabeza. "Bien. Soy tan bueno como hermano como tú".

Me sonríe y me besa. "¿Qué hiciste todo el día?".

"Dormí y vi la televisión".

"Bien".

"No, no lo es. Eso es todo lo que podré hacer la semana que viene. Estaré descansado y no podré dormir en el hospital".

"Dormirás en el hospital". Abre el sobre que contiene mi trabajo de maquillaje. "Puedes trabajar en esto mañana. Parece que tienes un trabajo en inglés y una hoja de trabajo en Matemáticas y Biología".

Gruñendo, tomo los papeles, primero revisando las hojas de trabajo. No me tomarán sino quince minutos cada uno, ya que son solo para revisar. El trabajo en inglés tomará más tiempo, pero tenemos hasta diciembre para entregarlo, y hay una nota en tinta violeta en la rúbrica de la tarea que me dice que no me preocupe por la fecha de entrega. Junto a la nota hay una carita sonriente, como la que se obtiene en el jardín de infancia cuando le fue bien en un examen.

Mi pase de cáncer ataca de nuevo.

"¿Te quedas a cenar?" Pregunta mamá desde el arco de la cocina.

"No. Tengo que irme a casa en un rato. Pero gracias".

Mamá asiente y regresa a la cocina.

Haciendo una mueca, saco la lengua. "Qué suerte tienes. Creo que nos sobra sopa".

"Las sopas son buenas cuando estás enfermo".

Pongo los ojos en blanco y me recuesto. Me cuenta sobre su día en la escuela y cómo todos le preguntaban por mí, incluso gente que no conocía, como el equipo de fútbol. Y luego tiene que irse y el autobús escolar pasa ruidosamente y Kelly está corriendo por la puerta y puedo escuchar todo sobre su día.

Cenamos en la mesa y yo puedo dejar la manta en el sofá. Mamá sigue lanzando miradas preocupadas en mi dirección y no me atrevo a temblar o ella me atrapará de nuevo.

A las siete y media, justo cuando terminamos, suena el teléfono. Mamá me mira fijamente, como si yo fuera responsable de que el teléfono nos interrumpiera.

De pie, camina hacia el aparato, mirándolo un largo momento antes de levantarlo. "¿Hola?". Alguien debe hablar en el otro extremo. "Hola Paul".

Papá hizo su llamada nocturna habitual. Es extraño que esté en la ciudad y llame, pero supongo que no es diferente a que él esté fuera y llame. Él no está *aquí,* aquí, en la casa con nosotras.

Pero es diferente. Mamá no se apresura a contarle todo lo que hizo hoy y solo dice que sí, que está bien, ya veo, y m-hmm.

Cuando termina su media hora, le tiende el teléfono a Kelly, quien lo toma como si nada fuera diferente, y pasa sus diez minutos completos contándole todo sobre su examen de ciencias y el chico que le habló en el almuerzo y que no se preocupe, porque ella todavía piensa que los chicos son asquerosos.

Pronto, ella me tiende el auricular y me pongo de pie, con las rodillas temblorosas, para tomarlo. "Hola papá".

"Oye, Cat. ¿Cómo estás?".

"Enferma. Tengo un resfriado".

"¿Oh?".

"Sí. El Dr. Sions incluso me vino a ver a la casa. Me dijo que me quedara en casa hasta el lunes cuando ingrese al hospital".

"¿Eso es este lunes?".

"Sí".

"¿Recibes la quimioterapia el lunes?".

Ni siquiera lo sabe. Mi estómago se hunde y por un momento, mi garganta se cierra y no puedo hablar. Pero lo aclaro con un gruñido. "No, eso será el martes. Hacen pruebas y una resonancia magnética el lunes. Para asegurarse de que estoy lo suficientemente saludable para recibir la dosis".

"Ya veo".

No tengo nada más que decir y se queda callado.

Después de un minuto, suspira y se aclara la garganta. "Entonces, ¿qué hizo mamá para la cena?".

¿Eh? Esta no es una conversación que haya tenido con papá. "Sopa. Um, sopa de pollo y verduras, con un poco de fideos de arroz y mucho ajo y espinacas".

"Suena bien. ¿Comiste?".

"Sí. Un poco".

"Okey".

Nos volvemos a quedar en silencio y luego se acaban los diez minutos, pero él no pregunta por mamá y yo no cuelgo el teléfono.

"¿Qué tal la escuela?".

"Bien. Estoy haciendo mi trabajo para poder mantenerme al día mientras estoy enferma y en el hospital. Estoy obteniendo tiempo extra para mi trabajo de inglés si lo necesito".

Espero que me reprenda, que me diga que no necesito tiempo extra, pero él no lo hace.

"¿De qué se trata el trabajo?". Su voz suena extraña, como si estuviera forzando palabras que no conoce.

"Tenemos que elegir un autor favorito y escribir sobre por qué nos gustan sus libros y cómo esos libros nos inspiran".

"¿Sobre quién estás escribiendo?".

"Acabo de recibir la tarea, así que aún no lo sé".

Aguanto la respiración. Solo sé que va a empezar a decirme a quién debo elegir y por qué y qué debo poner en el periódico.

Y de nuevo, me sorprende porque no lo hace.

"Hazme saber si necesitas ayuda".

"Lo haré". Yo trago. "¿Um, papá?".

"¿Sí?".

"¿Puedes venir a cenar mañana por la noche?".

Ya que estoy frente a la mesa, veo que las cabezas de mamá y Kelly se agitan ante mi pregunta. Kelly sonríe, como si acabara de llegar al cuadro de honor y mamá parece que acaba de ver un tren y está atrapada en las vías.

"¿Tu madre me quiere allí?".

"Yo te quiero aquí".

Mamá asiente y ofrece una media sonrisa. Sus ojos también se ponen un poco llorosos.

Hay silencio al otro lado de la línea.

Entonces, "¿a las seis y media?" La voz de papá suena atascada.

"Sí. Seis y media". Me mojo los labios. "Tal vez podamos hacer espaguetis, como cuando era pequeña".

"Allí estaré".

TREINTA

Paso el viernes viendo cada episodio de Sherlock, terminando las dos hojas de trabajo mientras almuerzo con mamá. Ha hecho sándwiches de queso a la plancha con tomates. El queso es picante y no demasiado derretido, y el tomate está cortado en rodajas gruesas. Nos sentamos a la mesa, sin hablar, solo comiendo y bebiendo nuestras bebidas; yo un té helado y ella una especie de brebaje de jugo verde que pasó por la licuadora.

Después del almuerzo, ella necesita hacer recados, así que me acomodo en el sofá, la mesa del café rebosa de todo lo que pueda necesitar para la próxima semana.

"¿Cuánto tiempo planeas estar fuera?".

Mamá frunce el ceño ante la pila de cosas, sus ojos van de un artículo a otro. "Sólo necesito conseguir algunas cosas para la cena. Paul puede ser quisquilloso".

Cuando finalmente sale por la puerta, decido tomar una siesta, pero es demasiado tarde. El timbre suena. Son las dos y media y Dylan está aquí con mi nueva tarea.

Miro alrededor de la puerta, con la manta sobre los hombros y unas pantuflas de conejita góticas rosa y negras difusas en los pies. "Entra. Mamá se acaba de ir".

Dylan deja el sobre grueso sobre la mesa del vestíbulo y se quita la chaqueta, su largo cabello rubio rebotando sobre sus hombros. Siempre me ha gustado su cabello, deseaba que el mío se rizara con los mismos rizos grandes y gordos; ahora es aún peor. Haría casi cualquier cosa para tener mis hebras marrones súper rectas.

"¿Cómo te encuentras hoy?" Su sonrisa es grande; ella podría haber sido una animadora si hubiera querido.

"Mucho mejor. Estaré bien y lista para la quimioterapia la semana que viene". Trato de reírme de mi broma, pero sale como un soplo de aire viciado.

Ella me mira un momento, luego se encoge de hombros y me sigue a la sala de estar. "¿Qué estás haciendo?".

"Solo viendo la televisión, mayormente". Me siento en el sofá y ella se sienta a mi lado. "¿No vas a remar hoy?".

"Hoy no. Lo tomo como mi día de skate". En a tripulación, puede perderse un día de práctica a la semana, o dos en dos semanas, y aún participar en las regatas. Me halaga que Dylan se tome el día para venir a visitarme.

"¿Quieres ver El diario de los vampiros?" Ella ha estado tratando de hacerme ver ese programa desde que nos

207

conocimos en las pruebas del equipo como estudiante de primer año.

"Claro". Cojo el control remoto y pongo Netflix en el televisor. Quizás finalmente vea el programa y tenga algo más que ver mañana.

El programa no está mal y verlo con Dylan es buena experiencia. A pesar de que ya ha visto todos los episodios, probablemente más de una vez, todavía chilla y patea, y me da todo el trasfondo que necesitaré de cada personaje. Llevamos casi dos horas mirando cuando hay un cambio en la conversación.

"Entonces, ¿todavía te gusta la pizza?".

"Por supuesto, todavía me gusta la pizza". Los créditos del tercer capítulo de la primera temporada de El diario de los vampiros aparecen en la pantalla del televisor. No creo que la conversión vaya a durar, pero supongo que los muchachos son un poco atractivos.

"Supongo. Quiero decir, ¿todavía comes pizza? Sé que vomitas mucho por el cáncer".

"Mientras no tenga salchicha o pepperoni, estoy bien".

"Está bien. Me lo estaba preguntando". Ella mira la televisión. "¿Todavía puedes beber refresco?"

"En realidad no, no me gustan las burbujas. Me dan náuseas".

Frunce el ceño y se muerde la uña. "¿Qué tal la limonada?".

"No, demasiado agrio. Hace que mi estómago se vuelva ácido".

Me hace pucheros y no tengo idea de lo que pasa por su mente o por qué está haciendo todas estas preguntas extrañas.

"Las cosas son diferentes para ti ahora, ¿eh?".

"Un poco. Pero no está mal". Presiono el botón para iniciar el siguiente capítulo. Quizás está creciendo en mí.

"¿Cat?".

"¿Sí, Dylan?".

"¿Tienes miedo?".

Esa no es una pregunta que esperaba. No de ella. No es el tipo de cosas de las que hemos hablado antes. Solo hablamos de remo y regatas y si nuestro timonel sabía o no lo que estaba haciendo.

No sé cómo responderle. Entonces, dije lo primero que se me ocurrió. "Creo que sí".

Dylan mira la pantalla y miramos el programa, pero realmente no le presto atención. Todavía estoy sorprendida por su pregunta. Sé que tengo miedo. Se supone que debo tener miedo. Se supone que *todo el mundo* le tiene miedo al cáncer.

Pero no estoy aterrorizada. Me canso y no me gusta la quimioterapia y desearía que ya hubiera terminado, pero lo siento por las cenas de Acción de Gracias en Pensilvania y la Navidad en Nueva York cuando los padres de papá todavía estaban vivos.

Quizás debería estar aterrorizada. Quiero decir, este linfoma podría matarme. Y tengo que preguntarme: ¿qué fue toda esa mierda que le dije a Jett sobre el equilibrio y el bien y el mal?

¿Le había estado mintiendo?

Me hundo en las almohadas y pienso mucho. No creo que le haya mentido. Espero no haberlo hecho. No quiero mentirle y pienso mucho en lo que siento por él, mi cáncer y papá.

Cuando Dylan se pone de pie y dice que necesita irse, me sorprende que todavía esté allí.

"Cansada, ¿eh?".

"Perdón". Me paro y me estiro.

"Puedes decirme si estás cansada". Dylan me mira con el ceño fruncido y sus ojos recorren mi rostro, como si estuviera buscando un letrero de neón que muestre lo enferma que estoy.

"No sabía que lo estaba".

Me abraza y agarra su chaqueta y agita ambas manos junto a su cabeza. Es algo que Dylan suele hacer antes de una carrera para buscar buena suerte. "Nos vemos la semana que viene. Te traeré un regalo, ¿de acuerdo?".

"Seguro".

Una vez que se ha ido, me acomodo en el sofá. Mamá aún no ha vuelto y empiezo a preocuparme. Ella se dirigía al supermercado para comprar espaguetis con salsa, así que, ¿por qué tarda tanto?

El autobús pasa con estruendo, haciendo que los cristales de las ventanas tintineen en los marcos, y Kelly irrumpe por la puerta principal como un tsunami. Los zapatos chocan contra la pared y su mochila choca contra la mesa del pasillo.

"¿Papá ya está aquí?".

"No, lo siento, Kel. No está". Me aprieto más los hombros con la manta, aunque no tengo frío.

"Oh". Se desinfla, como un pez globo sin amenaza. "Tenía la esperanza de que ya estuviera aquí".

"Probablemente tuvo que trabajar. Ahora está en casa. Cuando está en casa, no sale hasta las seis".

"Supongo". Se deja caer en el sofá junto a mí, apoyando la cabeza en mi hombro.

"¿Oye, Kel?".

"¿Mmm?".

"¿Estás enojada conmigo?".

Su cabeza se levanta, casi cortándome la barbilla. "¿Por qué?"

Me encojo de hombros y recojo un trozo de tela. "Solo me preguntaba. Parece que lo estabas antes, y quiero asegurarme de que estamos bien".

Ella no responde, y miro hacia arriba, sin estar segura de querer ver su cara.

Tiene los ojos cerrados y se muerde el labio inferior.

Yo espero. No estoy segura de querer su respuesta tampoco.

"No estoy enojado contigo, Cat". Kelly abre los ojos. "Quiero decir, estoy enojada, sí, pero no contigo. Quizás estoy enojada con mamá, quizás incluso con papá. Y estoy enojado con tu cáncer. Pero no contigo".

"¿Porque tengo cáncer?" Lo último que quiero de Kelly es otro pase de cáncer.

"No. En realidad no. Quiero decir, el cáncer es el problema y no es como si lo pidieras o hicieras algo para contraerlo. Simplemente sucedió. Podría haber sido yo con la misma facilidad".

Nos quedamos en silencio por un minuto, la televisión hace ruido de fondo: voces bajas que venden una pizzería de mostrador súper increíblemente rápida.

La idea de que podría haber sido Kelly la que contrajo el linfoma me aterroriza de una manera diferente que para mí. *Mierda*. Es suficiente para darme una pesadilla.

"Puedo estar enojada contigo, sabes". Kelly se acurruca contra mí. "Especialmente cuando acaparas la manta y el control remoto".

Parpadeando, desechando la imagen de Kelly sin pelo, demacrada en una cama de hospital, me río y levanto el borde de la manta para que pueda meterse debajo de ella conmigo, con la piel y la ropa frescas, pero está bien. Tiemblo por sólo un momento.

Agarra el control remoto y hojea los canales. "¿Qué quieres ver?".

"Hasta he estado mirando todo el día, El diario de los vampiros con Dylan, así que tú eliges". Supongo que me siento magnánima.

"¿Está segura?" Kelly levanta una ceja y sé que está tratando de pensar en el programa más molesto que ver.

Levantando la nariz, la miro y hablo con mi voz más gruñona. "De hecho, lo hago. Siempre estoy segura".

Ella se ríe y cambia a PBS para que podamos ver a Arthur, algo que ninguna de nosotras ha visto en años.

TREINTA Y UNO

Estoy nerviosa, como si fuera mi primera cita con Jett o se supone que debo dar un discurso en una función en la escuela. Mis nervios están todos excitados y mi estómago está subiendo por mi garganta. Es solo porque viene papá; pero no hay razón para estar así.

Mamá llegó a casa más tarde de lo planeado, sin comestibles, y decidió que podría ser la noche de la pizza, así que pide un par (una de pepperoni extra y una vegetariana) en un lugar cercano. Están siendo entregadas, por lo que Kel está esperando en la sala de estar, mirando por la ventana.

Sospecho que está pendiente de papá tanto como del repartidor de pizzas.

Y eso está bien. Me gustaría sentarme en la ventana con ella, mirando hacia la oscuridad, pero mamá quiere que la ayude en la cocina. A pesar de que solo es pizza, ella tiene el Fiestaware, cada lugar con un color diferente, así como copas de vino para ella y papá.

"Pon esto sobre la mesa".

Sostiene una gran ensalada en un gran cuenco de madera. Los tomates uva y las aceitunas negras brillan bajo la luz, y las grandes rodajas de cebolla roja ofrecen un aroma penetrante.

"¿Es este un cuenco nuevo?" Lo puse sobre la mesa, colocando los servidores de madera encima de las verduras picadas.

"Sí, pensé que podríamos comer más ensaladas si tuviera un buen tazón para ponerlas". Mamá está de pie en el mostrador, revolviendo limonada casera en una jarra de vidrio escarchado. Amo su limonada; no es demasiado azucarada y le pone un poco de lima y limón para que tenga un sabor más fuerte, pero no lo suficiente como para molestarme el estómago.

La ensalada se ve bien en el tazón, rodeada por los platos brillantes y las servilletas de color crema. La mesa parece sacada de una revista.

Mamá agrega la jarra a la mesa, a medio camino entre donde yo me sentaré y Kelly se sentará. Ella toma dos vasos iguales y me los entrega.

"Quiero que todo salga bien esta noche". Mamá se pone de pie, con las manos en las caderas, inspeccionando el paisaje de la mesa.

"Yo también".

"No me gusta pelear con tu padre".

"Lo sé. A mi tampoco". A veces es difícil no hacerlo, cuando siento que no está escuchando lo que tengo que decir. Si tan solo *escuchara...*

Apagué mi monólogo interior. No tiene sentido ponerme nerviosa antes de que llegue aquí. Si me permito anticiparme a la ira, será un trato hecho y la noche se volverá un desastre.

"¡La pizza está aquí!" La canción de Kelly incita a mamá a la acción, agarra su bolso y se tambalea hacia la puerta. Lleva un bonito vestido que llega por encima de la rodilla (tan brillante que hace juego con los platos) y tacones negros.

El aroma del queso derretido y el pepperoni huele maravilloso, pero sé que mi estómago no puede soportarlo. Esa es una de las razones de la verdura; también es la porción preferida de mamá en este momento.

"¡Papá está aquí!" El grito de Kelly es aún más fuerte esta vez, seguido de una carrera a toda velocidad hacia la puerta para encontrarse con él.

"Hola, Kelly".

"Hola papá". Su respuesta es amortiguada y puedo imaginarlos en un gran abrazo en la puerta, Kelly aplastada en su abrigo tanto como puede y sus largos brazos la rodean con fuerza.

Por un momento espero, dejándolos tener su propio tiempo. Kelly y papá nunca pelean, no que yo haya escuchado de todos modos.

"Hola papá". Me detengo en la puerta de la cocina que se abre a la entrada con la sala de estar a un lado.

"Hola, Cat. ¿Cómo te sientes?".

Me encojo de hombros. "Bien, supongo".

Deja ir a Kelly, que pasa a mi lado, se dirige a la cocina, y se para en la entrada, con la gabardina abierta pero todavía puesta, sin maletín. Lo que es extraño. Nunca lo veo sin él.

"¿Sin maletín?".

"Lo dejé en el hotel". Sigue parado junto a la puerta, como un invitado inseguro.

"Bueno", avanzo arrastrando los pies, agitando las manos hacia el abrigo, "dame tu abrigo para colgarlo. Mamá pidió pizza e hizo una ensalada grande".

Casi echo de menos el gemido. Mirando hacia arriba desde la percha, noto su rápido cierre de ojos y su mueca. "¿Qué, no te gusta la ensalada?".

Me mira directamente, sus ojos un poco exagerados detrás de sus lentes. "Ella siempre me hace comer ensaladas".

Sonriendo, no puedo evitar reírme. Él tiene razón. Mamá siempre está tratando de que comamos de manera saludable: ensaladas, tofu, frutas y batidos energéticos. "Al menos vamos a comer pizza".

"Probablemente pizza vegetariana".

"No, ella pidió pepperoni para ti y Kel".

"Bueno. Está bien, entonces". Papá asiente con la cabeza y me guiña un ojo; es como cuando era pequeña e íbamos a comprar un helado y no se lo decíamos a mamá porque era antes de la cena.

"Estoy comiendo vegetales con ella, pero esa es mi elección ahora mismo. La grasa del pepperoni me molesta el estómago".

Un ceño se asienta sobre su rostro y sus ojos se oscurecen. "¿Ni siquiera puedes comer pepperoni?".

Recuerdo cuando me tomaba trozos extra de pepperoni de la porción de pizza de mamá. Eso fue antes de que solo la comiera con verduras. Inclinándome hacia adelante, susurro. "Es sólo temporal. Estoy segura de que volveré al estilo de ustedes los amantes de la carne una vez que termine la quimioterapia".

Aunque su ceño no desaparece, la oscuridad abandona sus ojos.

"Vamos, mamá y Kel probablemente estén babeando por toda la mesa. Felicita a mamá por cómo se ve. Pasó mucho tiempo haciéndolo bonito".

Papá suspira pero sigue, sus pasos marcan los míos en el azulejo. "¿Vasos de fiesta?".

"Vasos de fiesta".

Kelly está sentada en su silla, un vaso de limonada ya a la mitad al lado de su plato. Mamá está dentro, con las manos juntas en la cintura, como si estuviera saludando a un invitado y no solo papá.

Me siento y me sirvo un poco de limonada, viendo a mis padres pararse como marionetas con hilos demasiado apretados uno al lado del otro.

"Vamos. Vamos a comer. Tengo hambre". Kel salta en su silla y nuestros padres se lanzan en busca de sus propios asientos.

Mamá sirve la ensalada, llenando cada plato hasta el borde.

"Aw, mamá. ¿Por qué no puedo simplemente comer la pizza?" Kelly se burla del montón de verduras en su plato.

"No puedes comer una porción de pizza hasta que te comas tu ensalada".

Kelly pone los ojos en blanco, pero vierte el aderezo ranchero para que sea agradable al paladar; Papá hace lo mismo, sin quejarse de la pizza.

Yo uso la vinagreta de mamá, solo un poco para darle sabor. No me importa comer los tomates y las aceitunas, pero la cebolla tiene que irse, así que la apilo a un lado de mi plato.

"Cat. Tú también deberías comer la cebolla".

"Puedo comer un poco, pero no las rodajas grandes". Tomo un círculo grueso y lo corto con mi cuchillo antes de redistribuirlo sobre las verduras.

Mamá se sirve y moja su plato con vinagreta.

"Entonces, Kelly. ¿Cómo estuvo la escuela hoy?". Papá hace la pregunta en torno a un bocado de ensalada cubierta de ranch.

"Bien". Kelly mastica un pepino y traga. "Tengo todas las 'A' en este momento, excepto Matemáticas. Eso es una B +. Pero lo recuperaré una vez que tome la siguiente prueba. Tuve un pequeño problema con las fracciones en álgebra en mi última prueba y tuve una respuesta incorrecta".

"¿Sigues viendo fracciones?".

"Sí, pero ahora entiendo lo que estaba haciendo mal".

Ojalá pudiera tener tanta confianza en mis calificaciones. Estoy aprobando sin problemas, con un promedio de B. Es solo que no sé cuántas de esas calificaciones he ganado y cuántas me han dado debido al cáncer.

"Cat, ¿cómo estás?".

"¿En la escuela? Estoy bien".

"Bueno, no solo en la escuela. ¿Qué más estás haciendo?".

Aquí viene la pelea. Respiro, poniéndome rígida en mi silla.

"No mucho. Sabes, no estoy en la tripulación en este momento". Miro su rostro, tratando de averiguar qué está buscando.

"Sí, lo sé. ¿Estás intentando algo más? Aún necesitarás actividad extracurricular para tus solicitudes universitarias". Papá deja el tenedor y me devuelve la mirada.

Lamiendo mis labios, hago lo mismo. Casi desearía no saber hacia dónde iba la conversación. No puedo darle la respuesta que quiere y no quiero darle la que tengo".

"Paul, tal vez deberíamos empezar con la pizza". Mamá se pone de pie y recoge su plato de ensalada y el de papá, los pone sobre la barra y deja caer las rebanadas de pizza de las cajas en platos limpios. Ella hace lo mismo con el plato de Kelly y el mío, aunque me da pepperoni y vegetales de Kelly. Cambiamos, sin que mamá se dé cuenta y todo sale bien.

Papá se queda mirando la pizza durante casi un minuto antes de darle un mordisco.

Mamá está bebiendo su copa de vino, pero papá no ha tocado la suya. Me pregunto si le gustaría un vaso para su limonada, pero no estoy segura de si debería preguntar. Sabe dónde están los vasos. También sigue siendo su cocina, ¿verdad?

Terminamos la pizza sin conversar, masticando y sorbiendo fuerte, sigo esperando a que mamá nos regañe, pero no lo hace.

Al final, se pone de pie y lleva a papá hasta la puerta mientras Kelly y yo nos sentamos a la mesa terminando nuestras rebanadas de pizza.

Los susurros en la puerta son silenciosos y roncos, pero no puedo decir qué padre está escuchando y cuál está dando un sermón. Kelly también está mirando hacia la entrada, inclinándose un poco para tratar de escuchar mejor, pero al igual que yo, mamá y papá están fuera de su campo de visión. Ninguna de las dos se atreve a levantarse para echar un vistazo.

Pobre papá, solo recibió una rebanada de pizza de pepperoni. Y nada de beber.

TREINTA Y DOS

La habitación del hospital me resulta familiar; es una que me han asignado antes, con una bonita ventana amplia con vista al río. Una vez que esté en modo de descarga, que debería ser pasado mañana, podré sentarme en una silla y ver pasar los barcos. Quizás pase un barco de la Armada; eso siempre es un placer.

Las camas son todas iguales. Cada vez que cambio, aunque sean dos centrímetros, las bombas se encienden y las bolsas se despliegan, el aire se desplaza en el colchón para asegurarme de que esté apoyada en todas partes. Puede ser difícil dormir en una cama de hospital; ese zumbido puede despertarte diez veces por noche.

La enfermera me sonríe y levanta sus oscuras cejas. Ella tiene el kit de sangre con ella, así que eso significa que es hora de extraer sangre. Al menos no tienen que pincharme la mano. Pueden usar el puerto en mi pecho, justo encima de mi clavícula. Ya tienen una vía intravenosa introducida en una; tienen otra toma en el segundo puerto para que puedan extraer sangre y mañana se ponen los medicamentos de quimioterapia.

Toma menos de un minuto extraer mi sangre y ella recoge la muestra de orina lista que espera en el estante. "Buena niña". Levanta el pequeño vaso de plástico como si fuera una copa de champán y se dirige a entregar la mercancía.

Me acomodo, la bomba zumba y el colchón crece debajo de mi pierna derecha. Estoy apoyada en una posición medio sentada; es más fácil ver la televisión de esta manera. Pero no hay nada. Incluso con cable.

Es tarde, afuera de la ventana está oscuro, solo una luz ocasional se mueve sobre el agua. Alguien al final del pasillo, debe ser un paciente, grita de dolor. Las suelas acolchadas corren, chapoteando en el piso de baldosas enceradas y en un momento, el sonido se desvanece en un recuerdo.

Nunca he tenido suficiente dolor para hacerme gritar.

A veces, me pregunto sobre eso. Quizás no sea realmente cáncer. Pero, las resonancias magnéticas muestran el tumor, esa masa de células creciendo y presionando en mi axila. Se está reduciendo, de forma lenta pero segura, según el Dr. Sions. La hinchazón casi ha desaparecido.

Suspirando, cierro los ojos, tratando de dormir. La conversación aburrida de la televisión llena la habitación, cubre el débil pitido del monitor, aunque no el zumbido de la luz fluorescente.

Alguien tira de mi brazo. Abro los ojos, la televisión ahora está estática, la luz parpadeante se asemeja a una tormenta eléctrica.

"Shh. Solo necesito controlar tu presión arterial y temperatura". Es la enfermera, de vuelta para el despertar de cada cuatro horas. Envuelve el brazalete de presión arterial alrededor de la parte superior de mi brazo y presiona un botón. La máquina hace el resto. Luego, mete el termómetro debajo de mi boca; también está conectado a la máquina y emite un pitido cuando está listo.

"Muy bien". Ella acaricia mis brazos y revisa el nivel de líquido en mi bolsa intravenosa. En este momento, es solo una solución salina; Necesito estar bien hidratada para la quimioterapia. "Vuelve a dormir".

Sí claro.

El sueño se ha ido ahora, ahuyentado y escondido en un armario al final del pasillo donde guardan las sábanas con olor a lejía y las almohadillas para orinar.

Cierro los ojos de todos modos, con la esperanza de que el escurridizo descanso vuelva a entrar y se quede durante las próximas horas.

Maldita sea. Alguien más está en mi habitación. Es necesario cambiar la bolsa intravenosa. Mantengo los ojos cerrados para que se apresuren y se vayan.

Pero no se acercan a la cama. En cambio, quienquiera que sea se sienta en la silla junto a la ventana. Puedo decirlo por el chasquido de sus suelas duras en el suelo.

No es Jett. No usa zapatos de suela dura, solo Vans o botas de trabajo. Si fuera mamá, me habría besado antes de sentarse, sin importarle si me despertaba o no. Y sus tacones hacen un repiqueteo diferente cuando camina.

La única otra persona que podría ser es papá. Nadie más podría llegar tan tarde.

No estoy segura de cómo lo hace Jett. Se supone que solo es la familia inmediata que incluso puede quedarse después del horario normal de visita en este piso y mucho menos pasar por el escritorio del guardia después.

La persona suspira, el sonido es una bocanada de aire cansado. Y suena como si su cabeza golpeara el respaldo de la silla.

Tiene que ser papá.

Tenso, escucho sus largas y lentas respiraciones, el suave movimiento de sus pies cuando se mueve. Al escuchar, la cadencia de inhalar-exhalar es un ritmo constante, me relajo. Desearía que hablara, dijera algo, solo para poder estar absolutamente segura de que era él.

Mantengo los ojos cerrados. ¿Qué diría si hablara?

Es temprano, el sol acaba de hacer su primer intento de filtrarse por debajo de mis párpados cerrados, cuando se levanta y arrastra los pies hacia la puerta. Entrecerrando los ojos, lo veo irse, con una gabardina beige sobre el brazo y un maletín de cuero marrón en la otra mano. Se detiene en la puerta y cierro los ojos, pensando que se dará la vuelta.

No sé si lo sabe o no, pero un largo minuto después, la puerta se cierra con un clic. Otro minuto y la ayudante está de regreso, kit de sangre en mano y una amplia sonrisa en su rostro. "¿Dormiste bien?".

Me encojo de hombros y bostezo, fingiendo un cuidadoso estiramiento en la cama zumbante. "Eso creo".

"Bueno, la enfermera Gordon recibió la noticia del Dr. Sions de que el análisis de sangre se ve bien, por lo que recibirás tu tratamiento esta mañana. Probablemente a las nueve, tal vez a las nueve y media".

Eso significa quimioterapia durante el almuerzo; los productos químicos tardan unas seis horas en llegar a mi sistema y luego cuatro o cinco días en salir.

"¿Has orinado esta mañana?".

"Todavía no".

"¿Quieres intentarlo ahora?" Sostiene una taza de plástico para pipí.

"Seguro". Me quito la manta y la sábana y me pongo la pijama de lunares verde lima que compré especialmente para mi estadía en el hospital. Las enfermeras deben poder llegar al cateter, así que necesito botones. Mis camisetas y bóxers habituales no sirven aquí.

Tomando la taza de su mano extendida, muevo la intravenosa y el monitor al baño. Esa será la parte más difícil de los próximos días, ya que bebo mucha agua para ayudar con el enjuague. Cada vez que orino, tengo que llevarme la vía intravenosa y el monitor.

Hace que el baño esté un poco abarrotado. Pero, al menos, no tienen ojos.

TREINTA Y TRES

Mamá está allí para el almuerzo, que consiste en dos finas rodajas de pavo cubiertas con salsa de sal, puré de papas y judías verdes en una especie de salsa de tomate picante. También hay postre; lo que parece una magdalena amarilla con glaseado de chocolate. Sin embargo, no puedo estar muy segura; Una vez pensé que el postre era gelatina de fresa y resultó ser salsa de arándanos con trozos de melocotón.

Sonriendo a cada bocado que doy, asiente como si yo fuera una niña quisquillosa y está contando para asegurarse de que coma lo suficiente de todo. Incluso me lleva la pajita a la boca cuando necesito beber.

No deja de mirar la bolsa de líquido amarillo brillante que cuelga del portasueros, cubierto por una funda roja translúcida. La bolsa de solución salina también está allí, aunque en ese momento no está conectada a mí.

Es la segunda bolsa del tratamiento, una mezcla diferente de químicos. Se necesita un goteo lento en mi sistema. Tuve una reacción alérgica en mi segundo tratamiento, así que ahora van muy despacio. También tomo un

Benadryl cada cuatro horas, y la enfermera revisa mi piel para ver si tengo ronchas antes de cada píldora antihistamínica.

Agotada de comer, me dejo caer contra la cama elevada y el zumbido comienza, el colchón se llena de aire debajo de mi cadera izquierda y se desinfla debajo de mi hombro derecho. No me siento más cómoda y me pregunto si es un desperdicio de tecnología.

"¿Cómo pasaste la noche?" Mamá frunce el ceño al ver el plato todavía medio lleno de papas y judías verdes.

"Todo bien, creo". No le digo de mi visitante. No sé si ella estaría feliz o enojada. Y no quiero que ella y papá tengan otra pelea. "Seguí despertando cuando la enfermera tuvo que tomarme la presión arterial y la temperatura".

Ella asiente y mira el plato. "¿Vas a comer tu postre? Se ve delicioso".

"No. Estoy llena". El glaseado de chocolate se está derritiendo en los bordes y parece que el pastel amarillo lloró en el forro de la magdalena.

"¿Deberíamos guardarlo para más tarde?".

"Si quieres".

Mamá toma el dulce de aspecto lamentable de la bandeja y lo coloca en una servilleta sobre la repisa. Una vez que se haya ido, le pediré a la asistente que la arroje a la basura en el escritorio de la enfermera.

De vuelta al lado de mi cama, acomoda mi almohada y endereza mi manta, apretándola sobre mis piernas.

Tendré que soltarlo más tarde, pero dejé que ella se preocupe. Es algo agradable y al mismo tiempo irritante.

"Hoy hay mucho tráfico en el río. Parece que se acerca un barco de la Marina".

Fuera de la ventana, un remolcador arrastra una masa de metal flotante gris río arriba. Sigue otro tirón. Barcos más pequeños lo rodean, levantando estelas blancas y espumosas en el agua marrón.

Asiento y cierro los ojos, alejando la cabeza de la ventana. Mi estómago da un vuelco y respiro profundamente por la nariz. No estoy segura, pero creo que las judías verdes con tomate picante harán una repetición.

Toco el botón para llamar a la enfermera y respiro profundamente.

"¿Qué ocurre?" Mamá está a mi lado, agarrándome el brazo con los dedos.

"Creo que me voy a enfermar".

La enfermera entra, pero no la reconozco de antemano.

"Enferma". Gimo la palabra, señalando lo último de la salsa de tomate en mi plato.

Agarra un orinal, lo más cercano, y me ayuda a sentarme, con un brazo fuerte sosteniendo mi espalda mientras arrojo mi almuerzo en el recipiente de plástico.

Huele peor la segunda vez, también pierdo el puré de papas y el pavo y es posible que haya algunos huevos revueltos del desayuno allí.

El vómito hace que me duela el estómago y me arda la garganta.

La enfermera lleva el orinal al baño y tira la porquería por el inodoro. Deja el recipiente allí, sale con un paño húmedo y tibio que usa para lavarme la cara.

Mamá está de pie junto a la ventana, con las manos retorcidas, la cara blanca, los ojos grandes y marrones.

"¿Mejor?" La enfermera sonríe, el paño tenso entre las manos.

Asiento, aunque todavía me duelen la barriga y la garganta.

"¿Necesitas algo de beber?".

"¿Jugo de uva blanca?". Mi garganta está rasposa y mi voz ronca.

"Veré qué puedo encontrar". Me da una palmada en la mano y se gira hacia la puerta.

"Bien". Mamá se queda junto a la ventana, mirando la puerta recién cerrada. Ella se lame los labios y se mece. Ella no me mira.

"Lo siento. Apuesto a que fue asqueroso". Lo digo más para romper el silencio que para cualquier otra cosa. Creo que preferiría que ella siguiera preocupándose por mí antes que alejarse como si fuera un leproso.

"Sí. Te sostuve la cabeza cuando eras pequeña y tuviste gripe". Ella todavía no me mira, pero sus manos se han soltado y se retuercen en su falda.

Cuando la enfermera regresa con un vaso de jugo de manzana fresco - "lo siento, es todo lo que tenemos en este piso" - mamá ha recogido su bolso y su chaqueta y se despide con una sonrisa. Ella besa mi mejilla rápidamente y sale por la puerta, saludando. "Te veré esta tarde, Cat. Tengo que llegar a mi clase".

Saludo, sorbiendo el jugo. Alivia mi garganta y llena mi estómago, aminorando la quemadura. Puede que no dure mucho tiempo y volteo la cabeza hacia el baño. "Puede que necesite el orinal de nuevo".

La enfermera lo recoge y lo coloca sobre una toalla junto a mí en la cama. "En caso de que no podamos llegar contigo a tiempo".

Un grito de lamento se escucha en el pasillo y la enfermera suspira, cierra los ojos por un segundo y luego se aleja.

Enciendo la televisión, encuentro la estación local de PBS Kids y veo dibujos animados para niños por la tarde, aprendiendo el abecedario, colores y cómo ser un buen vecino ayudando a los demás incluso cuando prefieres hacer otra cosa.

TREINTA Y CUATRO

Mamá no está ahí después de su clase, pero Jett está bromeando y coqueteando con la enfermera mientras revisa mi vía intravenosa y recoge mi última muestra líquida. Una vez que la enfermera se ha ido, él me mira sonriendo.

"¿Aburrida?".

"Por supuesto". Me acomodo en las almohadas y lo miro a los ojos. ¿Realmente tenía que preguntar eso?

Se ríe y saca un tablero de juego negro y rojo de su mochila, seguido de una bolsa de piezas redondas en blanco y negro. "Son piezas combinadas de otro, pero deberían funcionar. Habría traído un juego de ajedrez, pero pensé que debería ser algo tranquilo para ti".

Él me guiña un ojo, así que saco la lengua.

"Desearías que fuera fácil para mí".

Dejando la tabla y las piezas sobre la mesa de la cama, me cuenta cómo fue su día en la escuela. "Aprobé mi prueba Econ hoy".

"¿Lo hiciste? Eso es bueno".

"Con una B".

"Jett, eso es genial". Y lo es. Lo había fallado la última vez.

Arrastra una silla de la pared y me hace un gesto con la cabeza. "Tu turno primero".

"¿Por qué?".

"Porque voy a ganar".

Me callo y muevo una pieza hacia adelante. "¡Eso quisieras!".

"No, yo *lo sé* ". Mueve su pieza y estamos en guerra.

Cuando la enfermera trae mi cena, estamos en el último juego de siete, empatados con tres victorias cada uno. Dado que éste es el último juego, está tardando una eternidad. Ninguno de los dos quiere cometer un error, así que pensamos mucho y nos movemos mucho.

La enfermera coloca la bandeja en un extremo de la mesa de la cama, dejando la tapa puesta para mantener la comida caliente.

"¿Cómo nos sentimos?".

Miro hacia arriba frunciendo el ceño a mis piezas de juego. "Bien. Aunque no tengo mucha hambre".

"Bueno, recuerda que necesitamos comer para mantener nuestras fuerzas". Ella sonríe y palmea mi brazo, mirando a Jett solo para bajar la mirada cuando él le sonríe. Se vuelve para llevar la siguiente bandeja al siguiente paciente, dejando la puerta entreabierta.

Suspirando, miro a Jett y niego con la cabeza. "¿Qué espera que hagamos?".

Se encoge de hombros y mueve las cejas. "Debo lucir super sexy para que ella esté tan preocupada".

Muevo una pieza hacia adelante y Jett responde, quitando mi pieza del tablero.

"Mira", señalo el juego, "su pensamiento sospechoso ha arruinado mi estrategia".

"¿Tenías una estrategia? Pensé que solo estabas moviendo piezas, quisiera o no, con la esperanza de que cometiera un error".

"¿Y eso no es una estrategia? Funcionó durante tres partidas".

Jett gana el juego, por supuesto, dobla el tablero y lo vuelve a poner en su mochila. Recojo las piezas de juego redondas y las dejo caer en la bolsa grande y se la entrego.

"¿Listo para comer?".

"En realidad no, pero puedo ver si me gusta lo que sirven". Puedo elegir, hay un pequeño resguardo que debo llenar cada noche para el día siguiente, pero no recuerdo qué pedí para la cena anoche. Aprendí a no elegir su lasaña, usan salsa de tomate dulce y tampoco me gustan sus sopas. Son demasiado saladas. La mejor parte es que, como estoy perdiendo peso, cuando pueden, se amontonan con las cosas que engordan que me gustan: macarrones con queso extra, un segundo sándwich de queso a la parrilla, helado para un bocadillo a media tarde.

Levantando la tapa, el olor flotante de pizza llega a mis fosas nasales. Puaj. La he comido antes: masa crunchy, pepperoni grasiento y no suficiente mozzarella para que sea agradable al paladar.

Jett sonríe ante la cara que hago. "¿Quieres que vaya a ver qué puedo conseguir de la cafetería?

No hay nada que diga que tengo que comer la comida que me dan. Jett podría traer Taco Bell o KFC si es lo que quiero. —Claro. Si tienen ese sándwich cremoso de pollo y alcachofas a la parrilla, me quedo con uno de esos. Hay un billete de veinte en mi bolso. Asiento con la cabeza hacia el armario donde están guardadas mis cosas personales.

Él rechaza mi oferta. "Yo lo pago. Necesito comprar cena para mí, de todos modos. Vuelvo enseguida. Primero come el postre". Dice mirando hacia la tarta de chocolate que está el plato más pequeño.

Cojo el tenedor y me lo como mientras él despega en busca de una algo mejor. No está mal, pero está un poco seco. Me como todo, acabando hasta las migajas entre los dientes del tenedor. Tengo más hambre de lo que me deja el estómago.

Mi estómago retumba y me detengo a mitad del colchón. ¿Es un buen retortijón, que tengo hambre y quiero más comida, o un mal retortijón, que indica que estoy a punto de perder lo poco que acabo de comer?

Recostándome, con lo que creo que probablemente sea una mancha de hielo en la mejilla, y la satisfacción de saber que fue, de hecho, un buen rugido de estómago, miro la televisión en silencio. Está en un canal natural, por lo que muestra un cachorro de oso y su madre pescando en un río. La madre osa está tratando de mostrarle a su bebé cómo pescar, pero tiene que seguir salvando al bebé de la corriente.

No puedo evitar pensar en mi madre. ¿Me enseñaría a pescar si fuera un oso? ¿Me arrebataría de una corriente embravecida?

Sin una respuesta, me agacho más sobre las almohadas. ¿Lo haría por Kelly?

La puerta se abre y el olor a grasa de pollo con queso invade la habitación.

"Aquí está tu sándwich". Jett coloca una bandeja de espuma de poliestireno blanca sobre la mesa de la cama, con la tapa torcida para que pueda ver el emparedado grasiento del interior. "También te traje algunas papas fritas. Eché salsa de tomate y mayonesa a un lado para que puedas mezclarlas".

Jett se deja caer en el sillón reclinable del hospital, con su propia caja de poliestireno en la mano. También tiene una bolsa.

"Oh, y tengo algunos refrescos y un té helado en caso de que eso sea lo que quieres".

Mi boca está llena de pan crujiente con costra de mantequilla y relleno descuidado, así que solo asiento y muevo mis dedos aceitosos en la bolsa.

Riendo, Jett sostiene la botella de refresco de cola y yo asiento con vigor, señalando la mesa con la cabeza.

Desenrosca el tapón y lo pone sobre la mesa, ábrelo para que pueda beberlo fácilmente. Luego abre su caja y veo la hamburguesa gorda y las patatas fritas con mostaza que está listo para comer.

Haciendo una mueca a la mostaza, utilizo una fritura resistente para mezclar mis condimentos. Papá tiene una botella casera en la nevera de casa. Mamá se lo sigue tirando cuando no está, pero él siempre gana más.

Excepto por esta vez. ¿Tiene uno en el hotel en el que se hospeda? ¿O simplemente está comiendo en restaurantes y arreglándoselas?

La preocupación por mi papá es asombrosa, y por un momento me olvido de masticar mi comida. Lo que es peor, es que me doy cuenta de cuánto lo extraño.

TREINTA Y CINCO

Esa noche, después de que Jett se fue y mamá llegó y me dio un sermón sobre la cena, la enfermera entró y le aseguró que estaba bien, que podía usar las calorías y mientras se quedara abajo, todo estaba bien, pensé en papá. de nuevo.

¿Vendría a visitarnos de nuevo? ¿Sabía mamá que había estado aquí anoche? ¿Los guardias le ofrecieron esa información o ella tendría que preguntar?

Estoy libre de quimioterapia, pero todavía tengo el monitor y la bolsa de hidratación. Mañana, se supone que debo levantarme y caminar, una vez por la mañana y otra por la tarde. Tengo que demostrar que no estoy holgazaneando todo el día. Puedo dormir en cualquier momento.

Hay una sala de grupo en un extremo, con un televisor más grande y videojuegos. La visité en mi primera semana de quimioterapia, pero fue deprimente. Estaba llena de niños más pequeños, todos calvos, pálidos y delgados, con padres y abuelos dando vueltas como colibríes en busca de miel.

De pie, metiendo los pies en las zapatillas obligatorias, agarro el monitor con el poste de la bolsa adjunto y salgo al pasillo. Es tranquilo por la noche. El ajetreo y el bullicio de los visitantes se ralentiza después de las horas de visita regulares y luego su única familia. Pero no todas las familias pueden quedarse hasta tarde; hay otros niños, otras responsabilidades; a veces, la familia también necesita un descanso.

Supongo que lo entiendo. Mamá estaba aquí constantemente durante mi primera semana de quimioterapia, lo suficiente como para volverme loca y estaba feliz por mi tercera sesión de una semana, donde solo venía una vez al día.

Pero me hace pensar. ¿Jett necesita un descanso? ¿Y Kelly? ¿Pueden respirar profundamente y relajarse mientras estoy aquí?

La enfermera, sentada detrás de uno de los monitores de la computadora, estira el cuello para poder verme, sonríe y saluda. "¿Te sientes inquieta?".

"Sí. Cansada de estar en la cama". Paso arrastrando los pies. Incluso es solo un día de estar tumbada y mis piernas se sienten como si hubieran olvidado el ritmo de caminar. Doy una vuelta por la sala, luego dos, sonriendo a la enfermera cada vez que paso. Ella me levanta el pulgar por segunda vez.

En mi tercera vuelta, me detengo en las puertas principales. Papá está allí, saludando a la enfermera con los brazos.

El reloj de la pared marca las once.

Aparta la mirada de la enfermera y me ve. El saludo se detiene, sus brazos caen a los lados y sus hombros caen. Cierra los ojos y parece llenarse de aire.

"Cat". Su voz se transmite en el silencio, resonando en los pequeños rincones donde las cosas se almacenan y se olvidan.

"Hola papá". Avanzo arrastrando los pies, forzando a mis labios a curvarse. No estoy segura de cómo actuar. ¿Está enojado conmigo?

"Me preocupé cuando tu habitación estaba vacía".

Más cerca de él, puedo ver los círculos oscuros debajo de sus ojos, el brillo húmedo detrás de sus lentes que aglutinan sus pestañas.

"Se supone que debo levantarme y caminar. No podía quedarme dormida, así que pensé que un poco de ejercicio podría ayudar". Me paro frente a él, en pijama, sosteniendo el monitor que suena. Suena, suena y emite un pitido, llenando el silencio con una cadencia mecánica.

Papá asiente, mirando la bolsa de solución salina. "¿Todo salió bien hoy?".

"Supongo. No tuve una reacción alérgica. Mamá estuvo aquí durante el almuerzo y justo después de la cena".

Traga y mira a la enfermera. La mujer está mirando la pantalla, sus ojos fijos en un solo punto, sus dedos aún en el teclado pero sin escribir.

"Bueno", papá mueve los hombros en su gabardina y pasa su maletín de una mano a la otra, "eso es bueno. ¿Siempre tienes una reacción alérgica?".

¿Él no lo sabía? ¿No le había dicho mamá?

¡Demonios! ¿Mamá lo sabía? Tenía que haberlo sabido.

"No. Pero tuve una reacción mala, así que tienen que vigilarme".

Parpadeando, me mira. "Debería regresar al hotel. Tengo una presentación mañana". Su cabeza se lanza hacia adelante y labios fríos rozan mi mejilla más fría.

Luego se ha ido, su abrigo como una capa pálida ondeando detrás de él. Sus zapatos golpearon un staccato en el azulejo. No está corriendo, pero parece que sí.

"Estaba listo para enloquecer". La enfermera alza la mirada sobre el monitor de la computadora. "Él pensó que algo te había pasado".

Asintiendo con la cabeza, miro hacia atrás a la forma en que se había ido. El pasillo estaba vacío, pero puedo escuchar el leve chasquido de los zapatos que se pasean frente a los ascensores. Un zumbido y un chasquido e incluso eso se ha ido.

"Supongo que terminé de caminar. ¿Cuándo será la flebotomía?".

La enfermera se ríe y recoge el kit. "Puedo hacerlo todo ahora, ya que tienes cuatro horas completas de insomnio ininterrumpido".

Me río y me dirijo a mi habitación, dejándola que me acomode en la cama y coloque el poste para que no estorbe. Toma la muestra de sangre, mi temperature, pulso y agarra mi ofrenda de orina mientras sale por la puerta.

"Buenas noches, cariño. Intentaré no despertarte si te duermes, ¿Ok?".

"Gracias". Me acurruco en mi almohada y cierro los ojos, deseando que mi cuerpo se entregue al sueño.

No recuerdo quedarme dormida.

TREINTA Y SEIS

Me despierto a las 4:47 am cuando la puerta chirría para anunciar que la enfermera entra de puntillas en mi habitación. Parpadeando, entrecierro los ojos ante su forma borrosa, solo reconociéndola por el uniforme verde azulado brillante.

"Lo siento. Estaba tratando de ser callada". Deja el kit sobre la mesa de la cama y hace una mueca.

"Está bien. Creo que en realidad dormí por un rato". Me dejo caer en las almohadas, mirándola mover sus dedos en guantes de látex.

"Lo hiciste. Eché un vistazo a la marca de las 4 horas y decidí dejarte dormir. Sin embargo, necesito tomarla ahora. No puedo pasar de la marca de las 6 horas".

Tomando aire, me estiro y gimo cuando mis músculos protestan. "No hay problema".

Me siento bastante bien, descansada y contenta. Es una sensación extraña tenerla en el hospital. La última vez, estuve inquieta todo el tiempo, ansiosa por salir y reiniciar mi vida.

Esta vez, es más un descanso necesario.

Terminó en menos de cinco minutos. "¿Hambrienta? Tengo bocadillos".

Reflexiono sobre mi estómago. Comí bastante en la cena con Jett, pero fue todo desde ayer, dejando mi estómago vacío. ¿Pero tenía *hambre*?

"No me refiero a los bocadillos del hospital. Traje algo de fruta. Tengo manzanas, naranjas e incluso una pera, creo.

"Una naranja suena bien". Se me hace la boca agua al pensar en el jugo agridulce. Me recuerda a Jett.

"¿El ácido te molestará el estómago?". Ella me mira con escepticismo.

"No lo creo. Jett generalmente me trae pedazos".

"¿Quieres que te los corte?".

"Seguro". Me encojo de hombros. Jett siempre los corta; Mamá nunca lo hace, no desde que era pequeña. A menos que sea una fuente elegante con salsa de frutas o miel rociada por todas partes. Pero esas veces, no es solo para mí, ¿verdad?

La fruta sabe bien y despeja mi boca del sabor metálico que le da la quimioterapia. Dejo las cortezas en un plato de papel; el fuerte aroma cítrico cubre el olor a lejía del hospital y me recuerda las tardes en mi habitación hablando con Jett.

"Oye, Cat. ¿Cómo te sientes?" Mamá entra en mi habitación con pantalones de yoga de color verde brillante, chanclas fucsia y una camiseta demasiado grande con recortes para mostrar el sostén negro debajo.

Empiezo. Ella está aquí temprano. ¿Quién lleva a Kelly a la escuela? "Descansada. Creo que dormí anoche".

"Oh, eso es bueno. No puedo imaginarme tratando de dormir aquí. Estoy segura de que hay mucho más ruido que en casa". Ella ahueca mi almohada y levanta mi manta de donde la doblé.

"No es tan malo". Hay más de lo que quiero decir, como que lo sabría, si se quedara un poco más tarde por la noche, sabría lo ruidoso que es, o que tal vez sería bueno que me preguntara si tengo frío antes de reacomodar mis mantas.

Pero no lo hago. Quiero que ella se quede, que no se enoje y se vaya a una clase de ejercicios.

Ella frunce el ceño ante el plato de cortezas y las tira a la basura.

"¿Vienes o vas a clase?" Asiento con la cabeza a su atuendo y presiono el botón de silencio de la televisión.

"Oh, vamos. Son a las nueve. Hot yoga de nuevo. Me gusta mucho esa clase". Mamá se sienta en una silla junto a la pared y mira el reloj de pared. Son solo las 7:30, lo que significa que el desayuno llegará pronto. También significa que la tengo por al menos una hora.

"Eso es bueno. ¿Qué es el yoga caliente?".

Mamá me mira fijamente con los ojos muy abiertos y me doy cuenta de que nunca antes le había preguntado sobre ninguna de sus clases de ejercicios. No solo desde que me enfermé. Quiero decir, *nunca*. Me hace pensar qué más no he preguntado sobre mi madre.

"Es yoga, en una habitación realmente cálida. Una habitación caliente, por lo que sudas mucho. Se supone que ayuda a eliminar las toxinas de tu cuerpo".

Asiento y ella asiente, y parece que ninguna de las dos sabe qué más decir.

"Entonces, ¿no es solo una clase de yoga impartida por un chico realmente atractivo?". Una imagen de Jett, con pantalones cortos negros ajustados y sin camisa, con un gorro negro en pose de guerrero, revolotea por mi mente y necesito tomar un respiro.

Parpadeando, mamá se mueve en su silla, sin notar mi repentina incomodidad. "Lo enseña una mujer. Callie tiene el pelo gris; creo que es mayor que yo".

"Oh". Pulso el botón de silencio de nuevo y el televisor emite un infomercial sobre limpiador de alfombras. No puedo quitarme de la cabeza esa imagen sudorosa de Jett.

Mamá mira conmigo, sus piernas brincan, las chanclas aletean contra el azulejo. "¿Quizás, cuando el doctor diga que puedes, puedes venir a una clase conmigo? ¿Un sábado cuando no tienes escuela?"

Antes de que pueda contestar, se abre la puerta y llega el desayuno. Huele bien: huevos, tocino y una galleta de queso caliente. Recuerdo lo que marqué anoche.

Mamá, frunciendo el ceño, se levanta de la silla y descubre el plato. "Eso no parece saludable".

"Ella necesita calorías". El ayudante masculino perfora el extremo afilado de una pajita delgada en el cartón de jugo de arándano y lo coloca junto al plato. Golpea la bandeja y me mira por un momento. "Comer todo".

"Sí señor". Agarro la galleta. Son enormes, fácilmente del tamaño de tres que obtendrías en un lugar de comida rápida. Hay un poco de mantequilla que podría ponerle, pero la muerdo sin ponerle nada.

Mamá niega con la cabeza. "Esto no es tan saludable". Ella suspira. "Aunque huele bien".

Ahogándome, trago el bocado de galleta y tomo un sorbo de jugo de arándano agrio para lavar los carbohidratos pegajosos del paladar. "¿Qué?".

Ella se encoge de hombros. "Solo quiero que todos comamos saludable".

Mirándola, miro la ronda de almidón esponjoso y desmenuzable. "Antes comía sano y todavía tenía cáncer. ¿Cuál es el problema ahora?".

"El gran problema es que los alimentos saludables te ayudarán a combatir el cáncer". Mamá pica el tocino en mi plato. "Eso no es más que grasa. El sitio web dice que comer mucha carne grasosa puede provocar linfoma".

¿Ha visitado un sitio web sobre linfoma? No le digo que no voy a comer el tocino de todos modos, ya que la grasa no me va bien en el estómago y le doy otro mordisco a la galleta. ¿Que va a hacer ella? ¿Me traes frutas y verduras frescas tres veces al día? Demonios, estoy bien si viene una vez al día.

Entra otra enfermera, sonriendo, sosteniendo su bandeja de suministros. "Es hora de probar". Ella no parece mucho mayor que yo.

Mamá se aleja y la chica envuelve el brazalete de presión arterial alrededor de mi brazo derecho. "Sigue comiendo".

Lo hago, aunque mi mano izquierda no está tan firme con los huevos como la derecha. Derramé un poco encima de mí y mamá se acerca desde la pared.

"Aquí. Déjame ayudarte". Mamá toma el tenedor y saca un poco de huevo, acercándomelo a la boca.

La ayudante mira a mamá y me levanta las cejas.

Abro la boca y dejo que mi madre me alimente como a un bebé. Cuando termino con el huevo, rompe un trozo de galleta y me lo sostiene. También hay yogur en la bandeja, así como una taza de fruta fresca.

"Toma, pon esto debajo de tu lengua".

Trago, lamiendo deliciosas migas de mis labios, y cumplo, la funda de plástico del termómetro se enfría. Una vez que la máquina emite un pitido, la ayudante toma un frasco de sangre y se va y le lanza una mirada a mi mamá cuando sale por la puerta.

"¿Por qué fue eso?".

"Retrocediste. ¿Le tienes miedo a la aguja?" Intento disimular el sarcasmo de mi voz, pero no creo que lo consiga. Todavía me opongo un poco a que ella me alimente así.

Mamá me frunce el ceño. "No. No quiero meterme en su camino. Me temo que la moveré o algo así y ella te picará fuerte y te lastimará".

Por un momento, no sé qué decir. Nunca había considerado que mi madre, mi madre segura de sí misma que puede usar pantalones cortos luciendo muy bien, que se encarga de los eventos de todo el día en la iglesia, podría no estar insegura de sí misma en un hospital. "Oh".

Abro el yogur y lo mezclo con la fruta. Todo lo que quiero ahora es que mamá se vaya. Necesito pensar en lo que acababa de aprender y en algunas otras cosas que, tal vez, me equivoqué sobre mi madre.

"Quiero hablar con tu médico. ¿Cuándo estará hoy?" Mamá se levanta de la pared y parece lista para correr.

"No lo sé. Pregúntale a la enfermera cuándo lo espera".

"Cat, deberías saber estas cosas".

"¿Por qué? Él nunca entra al mismo tiempo. También tiene otros pacientes, ya sabes". Le doy un golpe cruel con la cuchara al yogur inocente.

"Actúas como si no te importara".

Hago una pausa, me meto la cuchara en la boca y miro a mi madre. Trago, atragantándome un poco con la fruta que olvido masticar. "¿Qué?".

"Sabes que tienes cáncer".

"Duh". Arrojo la cuchara y el recipiente de plástico vacío en la bandeja. Se me hace un nudo en el estómago y dudo que me quede con el desayuno.

Mamá inhala. "¿Qué pasa si no mejoras? ¿Qué pasa si hay algo más que debería hacer? ¿Algo más saludable que pueda darte que no te esté dando?".

¿Qué? Miro a mi madre. ¿De qué diablos está hablando?

"Quiero decir, te ves peor que cuando esto comenzó". Mamá agita sus manos alrededor de su rostro.

Agarro el control remoto y aprieto el botón de llamada de la enfermera.

Cuando llega, ruborizada y con el pelo erizado, le hago un gesto con la mano a mi madre.

La enfermera, una señora mayor de cabello canoso, mira a mi madre, la toma y la abraza con fuerza.

Nunca he visto llorar a mi madre, en realidad no. Quiero decir, ella lloró por el pobre Chantilly. Y por papá después de su pelea y se fue. Y sobre las urnas cuando pensó que no estaba mirando.

Pero ahora está llorando. Por mí y este maldito cáncer. Agarra a la enfermera como si la mujer fuera un salvavidas y se estuviera ahogando. Y la enfermera se limita a abrazarla, darle palmaditas en la espalda y mecerla como a un bebé.

Si hablo, también lloraré. No por la misma razón que mi madre. Sino porque mi madre está llorando. Y me siento fatal porque nunca me di cuenta de lo asustada que está realmente, de lo mucho que se estaba reprimiendo. Me hace sentir culpable, como si hubiera sido egoísta al no darme cuenta.

Respirando hondo, me concentro en la televisión, ignorando los sollozos de mamá cuando la enfermera la acompaña a la puerta, explicando que el Dr. Sions llegará esta tarde después de revisar los resultados de los análisis de sangre y orina, pero que mi médico de admisión, el Dr. Bergen, está disponible por teléfono si tiene una pregunta emergente.

Una vez que se han ido, dejo que las lágrimas goteen, lentamente, manteniéndolas controladas. Los restos del desayuno se asientan en mi bandeja, la grasa del tocino se congela, la galleta se seca y se desmorona, el yogur se calienta.

Quizás pida una ensalada para el almuerzo.

TREINTA Y SIETE

"Tuve una larga conversación por teléfono con tu madre esta mañana".

El Dr. Sions es indio o paquistaní; bueno, lo parece de todos modos y puede que tenga un poco de acento. Nunca le pregunté su origen étnico. Nunca pareció importante. Lo importante es que es un oncólogo pediatra realmente bueno. Es amable, me explica todo lo que me está pasando y cómo podría o no reaccionar. Así como no existe un conjunto único de tratamientos contra el cáncer, tampoco existe un conjunto único de síntomas.

"Le sugerí que asistiera a un grupo de apoyo en el centro de oncología. Creo que la ayudará con las realidades de su cáncer mejor que solo el de su iglesia". El sonrie; un diente está torcido, pero está bien. Creo que lo hace parecer humano, ¿ya sabes?, menos como un médico.

Me dejo caer en las almohadas, expulsando el aire que había estado reteniendo en mis pulmones.

"También recibí una llamada de tu padre. Le sugerí que también asistiera al grupo de apoyo".

Cerrando los ojos, gimo y giro la cabeza.

"Aceptó más rápido que tu madre".

Eso hizo que mi cabeza diera vueltas. "¿Él hizo?".

El Dr. Sions asiente y se mueve en la silla que había colocado junto a mi cama. Tiene un bloc de notas de cuero apoyado en una rodilla donde lo había cruzado sobre su otra pierna, y garabatos con un bolígrafo en el papel allí. "Preguntó por los días y horas, y si era apropiado llevar a tu hermana".

Guau. Trago y miro la pantalla de televisión en blanco.

"Le dije que había un grupo especialmente para hermanos. No le dije que Kelly ya había estado en uno".

"¿Qué?". Mi cuello siente el latigazo.

—Hace dos noches. La trajo la madre de un amigo, dijo.

"¿Cómo lo sabes?".

"Yo estaba dirigiendo el grupo esa noche. Tenía muchas preguntas sobre tu cáncer, Catriona. Esa jovencita está muy interesada en lo que necesita hacer para ayudarte a mejorar".

Eso no me sorprende. Kelly me ha estado ayudando desde el principio. Creo que fue ella quien llamó a Jett y se lo contó.

"Ella es genial con eso. ¿Cómo estuvo?".

"Preocupada". Da golpecitos con el bolígrafo en la rodilla. "¿Hay algo más? Me sorprendió cuando cada uno de tus padres me llamó. Y no estaban al tanto de la llamada del otro".

Suspirando, cierro los ojos y me agacho. Él es solo mi oncólogo. No le corresponde a él escuchar todos los problemas de mi familia.

"¿Catriona?".

Ahogándome, lloro y me doy la vuelta.

El Dr. Sions espera, el bolígrafo hace un ruido sordo contra la pernera del pantalón.

"Sí, están sucediendo otras cosas". No puedo volverme y enfrentarlo.

"Si no quieres hablar conmigo, hay otras personas con las que puedes hablar".

Asiento, pero sigo sin volver la cabeza hacia atrás.

De pie, el Dr. Sions raspa el respaldo de la silla para ponerla contra la pared, colocando una mano suave y pesada sobre mi hombro. "Tus niveles están bajando muy bien. Sospecho que se irás a casa pasado mañana, tal vez incluso mañana. Les pediré tus números a primera hora de la mañana para poder hacer la llamada".

"Gracias". Hago que mi voz sea lo más fuerte que puedo, pero aún se resquebraja. Ahora mismo, lo último que quiero es irme a casa.

Después de todo este tiempo de querer que les importara, es difícil llegar a la conclusión de que siempre lo hicieron y yo fui la que no lo entendió.

TREINTA Y OCHO

Me despierto a medianoche, mi habitación del hospital está oscura, una delgada franja de luz cruza el suelo del pasillo.

Alguien dejó la puerta abierta.

Entrecerrando los ojos, me siento contra las almohadas y miro a mi alrededor. La cama se ajusta y el zumbido de la bomba de aire llena la habitación.

"Soy solo yo, Cat". Papá habla desde la esquina, inclinándose hacia adelante para poner su rostro en la línea de luz.

"Oh. ¿No es un poco tarde?".

Se encoge de hombros y se pone de pie, metiendo las manos en los bolsillos de sus pantalones. "Tuve una reunión tardía y el Sr. Moore quería que volviera a hacer algunos números después".

"Oh" Nunca antes había pensado mucho en lo tarde que siempre trabajaba papá. Cuánto viajó. Cuánto no estaba en casa.

"No quise hacer la cena tan incómoda, en la casa el viernes. Yo ..." suspira y arrastra los pies, "Simplemente no sé lo que estás y no estás haciendo y siento...". Se detiene. hablando, mirando a sus pies, todo su cuerpo se desplomó.

"Bueno, para ser honesto, papá. Esto es todo lo que puedo manejar en este momento". Hago un gesto hacia la habitación y luego me doy cuenta de que probablemente esté demasiado oscuro para que él la vea. "Quiero decir. Estoy aquí la mayor parte de la semana, luego estoy cansada y cuando no estoy cansada, todo comienza de nuevo".

"¿Pensé que las sesiones estaban más separadas ahora?"

"Lo están, pero ahora estoy más cansada que antes".

"Oh". Camina hacia la cama, sus lentos chasquidos de tacones resuenan. De pie junto a mí, parece más alto en la oscuridad. Tal vez sea porque estoy acostada. "No lo sabía. Lo siento".

"Está bien".

"No, no lo está. No he estado muy involucrado en tu cáncer, Cat. Eso no es bueno. No tenía idea de lo que estaba pasando contigo".

Suena como si estuviera llorando.

"Diablos. No he estado muy involucrado contigo o Kelly, o incluso con tu madre, durante mucho, mucho tiempo".

"¿Papá?" Presiono el botón que mueve la parte de atrás de la cama para no estar acostada y él no se sienta tan gigantesco. "Está bien. Realmente lo está. Lo entiendo".

"¿Lo entienes? Porque yo no". Papá pasa una mano por mi cabeza calva, frotando su pulgar sobre mi sien.

"No es como si realmente te lo hubiera contado".

"No te dejé hacerlo, Cat. Sé cuál de nosotros es el adulto experimentado aquí. Nunca escuché. Me gustaría decir que estaba asustado, pero sospecho que es solo para que suene mejor".

"No, Jett dijo que pensaba que estabas asustado". Me muevo en la cama y acaricio el colchón a mi lado. "Puedes sentarte".

Lo hace, tímido y la bomba de aire no registra su peso, lo que significa que está mayormente en la orilla.

"Háblame de Jett".

"Papá..."

"No, en serio. Cuéntame todo sobre él. No lo conozco. Y le debo una disculpa. Y mi agradecimiento. Y necesito hacerle saber que fui un idiota".

"Okey". Pero no sé qué decirle. Hay un montón de cosas que ya sabe. "Está de vuelta en la escuela, avanzando. Ya no está en la banda".

"¿Él la dejó?".

"No exactamente. Volvió a la escuela".

"Oh". La mano de papá descansa sobre la cama junto a la mía, así que paso mis dedos por los suyos. Él aprieta y me inclino hacia él. "Te amo Cat".

"Yo también te amo, papá".

"¿Puedo traerte pizza para cenar mañana?".

"Puede que me vaya a casa".

"Oh".

"¿Puedes recogerme? ¿Quizás podamos ir a la pizzería de Dave?".

"¿Tu madre me dejará?".

"Tengo dieciocho años, papá. Puedo irme de aquí sin ella".

Él suspira. "Eso no solucionará el problema entre tu madre y yo. Y el Dr. Sions mencionó que te estamos causando un estrés que no necesitas en este momento".

Me quedo en silencio por un momento, sin saber si debería hablar sobre el vómito o no. Decido que no importa en este momento e ignoro esa parte de la conversación. "¿Preguntarle si puedes recogerme lo arreglará?".

No responde, pero me aprieta con fuerza contra su costado y besa la parte superior de mi cabeza. "No, pero no lo empeorará aún más".

TREINTA Y NUEVE

A las 10 de la mañana, los niveles de sustancias químicas en mi sangre están en el rango seguro, por lo que el Dr. Sions y el Dr. Bergen están de acuerdo en que puedo irme a casa. La enfermera me agita los papeles de alta y los coloca sobre la mesa de la cama con un bolígrafo. En la parte superior está el formulario que explica lo que debo hacer cuando llegue a casa y lo que *no* debo hacer cuando llegue.

No hay nada nuevo, así que hojeo y firmo con una floritura.

Me visto con mis bragas, jeans y calcetines, pero tengo que esperar a que vuelva la enfermera para sacar la aguja del catéter antes de poder ponerme el sostén y la camiseta.

Vuelve, revisa mis formularios en busca de firmas y firma con su propio nombre. En medio de lo innecesario, papá entra, Jett justo detrás de él.

La blusa de mi pijama está medio desabrochada y mi trapo está casi colgando.

"Esperaremos afuera". Papá gira sobre sus talones y empuja a Jett hacia la puerta. Espero que Jett diga algo desagradable, pero no lo hace y deja que papá lo acompañe.

La enfermera se inclina cerca de mi oído. "Me sorprendió cuando tu mamá llamó para decir que tu papá te recogería. No pensé que se llevaran bien".

"Están trabajando en eso, creo".

"Eso es bueno. No necesitas el estrés".

Asiento y respiro. La aguja está fuera y, aunque realmente no duele, se siente extraño, como si debería haber dolor. La enfermera presiona un cuadro de gasa en la piel sobre el puerto catéter y coloca un vendaje para mantener la presión. "Ya conoces el ejercicio; déjalo ahí durante al menos una hora, luego otro vendaje de presión si todavía sangra".

"Sí, señora".

Mientras la enfermera guarda su equipo y envuelve los cables y los tubos, me pongo el sujetador y la camisa.

"¿Listo para la compañía?".

"Claro".

Sonriendo, se gira con un guiño y abre la puerta, sosteniéndola para que papá y Jett puedan entrar.

Estoy sentada en la cama, balanceando las piernas, riéndome del rostro avergonzado que comparten.

"Perdón". Papá se encoge de hombros. No está usando su gabardina, y aunque tiene sus pantalones de oficina y su camisa, le falta la corbata. No recuerdo la última vez que vi a papá sin corbata. Incluso usó uno ese viernes por la noche en la cena.

"Yo no. Casi les eché un buen vistazo". Jett mueve las cejas e incluso papá se ríe.

Agito mis papeles de alta. "Estoy lista para saltar este obstáculo".

Jett agarra mi bolso y mi bolsa de viaje que ahora contiene toda mi ropa sucia de mi estadía. La enfermera empuja la puerta para abrirla, retrocede y tira de la silla de ruedas reglamentaria.

Gruñendo, pongo los ojos en blanco. "¿Es eso realmente necesario? Me hiciste caminar durante mie estancia aquí".

La enfermera se ríe, pero señala la silla. "Y sabes que es un reglamento".

Papá se cierne cuando me paro, pero no me sostiene ni nada, solo espera a que necesite el apoyo. No lo hago y me arrastro en la silla, moviéndome para ponerme cómoda mientras la enfermera baja las paletas para mis pies.

La enfermera me lleva a la puerta y papá la mantiene abierta. Jett tiene mis maletas y me sigue.

No hablamos en el ascensor, ni en el largo viaje por el pasillo hasta las puertas, pero no es incómodo. Todos parecemos cómodos el uno con el otro.

Lo cual es extraño, y por un momento me siento incómoda antes de obligarme a dejar de hacerlo y disfrutar del tiempo con mis dos hombres favoritos.

En el vestíbulo, papá se adelanta para ir a buscar el coche, dejándonos a Jett y a mí con la enfermera. Jett se inclina, mirándome fijamente a los ojos, los suyos muy abiertos, su nariz casi tocando la mía. "¿Qué diablos pasó?".

Me encojo de hombros, manteniendo los hombros en alto. "No lo sé".

Jett se endereza y la enfermera se ríe.

"Sígueme el rollo". Ella palmea mi hombro y los relajo.

Sacudiendo la cabeza, Jett mira hacia las puertas dobles. "Sabes que me recogió en la escuela, ¿verdad?".

Echo la cabeza hacia atrás y miro a Jett. "¿En la escuela?".

"Sí. La secretaria me llamó fuera de clase - lo que me asustó un poco - pensé que tal vez te había pasado algo malo - y ahí estaba él en la sala de espera. Pensé que me iba a caer cuando él preguntó si podía ir con él a recogerte en el hospital".

"¿Tu papá lo sabe?".

"Sí. Lo llamé. Desde el teléfono de tu papá. ¿Supongo que él no sabe que ahora podemos tener teléfonos celulares en la escuela?".

"Probablemente no". El auto se acerca a la puerta y el guardia de seguridad sale y luego nos hace señas para que salgamos. "Se lo haré saber más tarde, para que no se avergüence".

Jett asiente y ayuda a sostener la puerta de la silla de ruedas. "Está bien. Solo para que lo sepas, todavía estoy un poco asustado. Y él nos lleva a almorzar".

Yo sonrío. "Pizza".

"¿Pizza?".

"Sí. Se lo pedí anoche".

"¿Anoche?".

Estamos afuera y papá tiene la puerta del copiloto abierta para mí. "Sí, anoche". Cojo mi bolso y Jett me indica que entre primero en el coche.

El maletero está abierto y mi maleta de dos días va dentro. Jett sube atrás y papá se pone al volante. Me despido de la enfermera y nos vamos.

"Entonces, Cat. ¿Todavía quieres pizza?". Papá es un conductor concentrado; su mirada nunca abandona la carretera, excepto para mirar por el espejo retrovisor.

"Um, sí, por favor". Me giro en mi asiento para guiñarle un ojo a Jett.

"Jett, ¿qué hay de ti? ¿Pizza está bien?".

"Claro. Me gusta la pizza".

Jett asiente y se ve incómodo en el asiento trasero. Es demasiado alto para la espalda, pero no se queja. Me agacho junto a mi aparato para agarrar el ajustador y muevo mi asiento hacia adelante.

"Gracias".

"¿Qué?". Papá continúa no voltea.

"Tuve que mover mi asiento por sus piernas".

"Ah. Sí. Compré este auto cuando tú y Kel eran pequeñas". El Volvo tiene como diez años, pero realmente no lo sabrías si no supieras cómo era uno nuevo. Se quedó en el garaje cuando papá viajaba, el pequeño auto de mamá empequeñecía al lado.

Jett respira profundamente y mira por la ventana.

"Entonces, Jett, ¿Cat me dijo que volviste a la escuela?".

Volviéndose hacia el frente, Jett se mueve en su asiento y tamborilea con los dedos en las rodillas. "Sí señor".

"Puedes llamarme Paul".

¿Él puede? Miro a papá.

Hay un silencio desde el asiento trasero y luego, "Creo que mi papá preferiría que lo llamara" señor "o" Sr. Sullivan".

Papá pasa saliva y asiente. "Okey". Enciende la luz intermitente para encender". ¿Tu papá todavía está en la Marina?".

"Sí señor".

Aguanto la respiración. Por favor, no le preguntes por su madre, por favor, por favor, por favor, no hagas eso.

"Creo que tienes un hermano menor, ¿verdad?".

Dejo escapar un suspiro y me relajo, deslizando mis dedos debajo de la correa del cinturón de seguridad para aliviar la presión a través de mi vendaje del catéter.

"Sí señor".

Papá asiente detrás del volante y la luz intermitente vuelve a sonar. Estamos en el estacionamiento al otro lado de la calle de Dave's Pizza. Es una especie de antro, con solo tres espacios de estacionamiento dedicados, pero tiene la mejor pizza de la ciudad.

"¿Estás bien para caminar desde aquí, Cat?".

"Puedes apostar". Ya me quité el cinturón de seguridad y mi mano en la palanca para abrir la puerta.

Papá se ríe y sale, corriendo por el frente para ayudarme con la pesada puerta. Jett suspira y abre su propia puerta. Todavía no está seguro de qué pensar de papá, y espero que papá espere para disculparse y esas cosas. Solo sería más incómodo si él hiciera todo eso frente a mí.

Hay tráfico en la calle, pero no nos dirigimos a esperar en el semáforo. Papá me toma de la mano, pero como lo hacía cuando era pequeña, no como si estuviera tratando de sostenerme. Jett está al otro lado de mí y sus dedos rozan los míos. Los agarro, balanceando los brazos.

Ha salido el sol, calentando el aire de principios de noviembre, haciéndolo sentir más primavera que otoño. Esperamos a que los coches se detengan, sin impaciencia en lo más mínimo. No siento la prisa habitual cuando voy a algún lugar con papá, como si ya llegamos tarde incluso cuando llegamos a tiempo.

El lugar está lleno para el almuerzo del viernes, pero papá pregunta si podemos sentarnos afuera. Hay un pequeño patio con sillas desvencijadas y sombrillas descoloridas, y la camarera parece sorprendida al principio, pero agarra los menús y nos lleva afuera. Todos tomamos té helado, lo que me hace reír, y pedimos alitas teriyaki y una pizza de pepperoni extra grande con queso extra para la mesa.

No hay ningún vegetal a la vista.

CUARENTA

Estoy cansada y lista para irme a dormir cuando papá se detiene en la escuela para que Jett pueda recoger su camioneta. Lo seguimos a casa porque la camioneta tiene problemas para arrancar y papá decide que no le gustan las posibilidades de que Jett termine atascado en el costado de la carretera.

En su casa, estacionamos en la calle y Jett mete su camioneta en el camino. Papá me da una palmada en la rodilla y baja un poco las ventanillas antes de apagar el motor del coche. "Vuelvo enseguida, ¿de acuerdo?".

Asintiendo, cierro los ojos y me dejo llevar.

Me despierto sobresaltada cuando la puerta del conductor se cierra y el motor arranca. Parpadeando, miro a mi alrededor. Todavía estamos frente a la casa de Jett, pero papá enciende el motor y nos dirigimos a casa.

"¿Qué hora es?".

"Son casi las dos". Papá está detrás del volante, todo serio, sus dedos agarrando el volante.

"¿Qué pasa?".

No me mira y no esperaba que lo hiciera. Él suspira. "Me disculpé con Jett".

"Okey".

Mi celular suena y papá mueve sus dedos para hacerme saber que puedo contestar.

"Si es tu mamá, estamos de camino a casa".

"¿Hola?".

Es Jett.

"Oye". Suena sin aliento.

"¿Todo bien?".

"Sí. Um. ¿Puedes darle las gracias tu papá por mí?".

Pongo el extremo del teléfono debajo de la barbilla. "¿Papá? Jett dice gracias".

Papá relaja los dedos en el volante y asiente.

"Okey". Jett está en silencio al otro lado de la conversación y yo espero. Si hubiera terminado de hablar, se despediría y colgaría, así sé que hay más. Finalmente, escucho una ráfaga de aire. "Tu papá es muy bueno, Cat. Solo para que lo sepas".

"Okey".

"Pero no le digas que dije eso".

Me río y miro a papá. "Okey".

"Te veré después de la escuela el lunes. Te traeré tu tarea y esas cosas".

Gruñendo, me recuesto en mi asiento. "No me lo recuerdes. Todavía tengo un trabajo de inglés pendiente".

Él ríe. "Entonces necesito recordarte o lo olvidarás".

"Seguro".

Papá hace el último giro hacia nuestro vecindario.

"Oye, tengo que irme. Ya casi estamos en casa. ¿Te veré mañana?".

"Ya veremos. Creo que tu papá va a intentar llevarte a ver la práctica del equipo de remo".

"Oh". Miro a papá de nuevo, mi estómago se aprieta.

"No te pongas mal". ¿Cómo lo supo? "Solo te lleva a ver. Le dije que te gustó y que pensé que era bueno para ti, te mantiene un poco conectada con el equipo, ¿sabes?".

"Sí". Mi estómago deja de apretarse y se congela donde está.

"¿Tú también me quieres allí?".

"Sí". Mi estómago se afloja.

"Entonces intentaré estar allí. Lleva a Kelly contigo; tu papá podría disfrutar viéndola en un caparazón si la dejan entrar en uno de nuevo".

"Eso suena bien. Y probablemente lo harán. Ella los impresionó la última vez".

Papá maniobra el auto en el espacio entre el Miata de mamá y el Camaro del hijo del vecino. Es ajustado, pero lo hace suave y limpio, solo usando sus espejos. Nunca lo hubiera intentado, pero me pone justo frente a la puerta.

"Hablaré contigo más tarde". Tiro del cierre de mi cinturón de seguridad. Mamá está parada en la puerta, con los brazos alrededor de su cintura, mirando hacia el auto, su boca es una línea delgada en medio de su rostro. "Por favor".

"Llamaré esta noche".

CUARENTA Y UNO

Papá camina conmigo hasta la puerta, llevando mi maletín de viaje: tengo mi bolso. Él asiente con la cabeza hacia mamá, le entrega mi bolso, besa mi mejilla y gira de regreso al auto.

"¿Te veré en la mañana?" No me atrevo a pedirle que se quede. Mamá está francamente helada y no entiendo por qué.

"La práctica es a las 8, ¿no?".

Asiento con la cabeza.

"Estaré aquí a las 7:30". Se despide y se sube al coche, el movimiento fuera del estrecho espacio de estacionamiento es tan suave como cuando entró.

"¿Qué es eso de la tripulación mañana?" Mamá aprieta mi bolso contra su pecho. "¿Está presionando de nuevo?".

"No. Me está llevando para que pueda ver. Como la última vez con Jett". Paso junto a ella y entro en la casa. Mis piernas se están debilitando y necesito sentarme.

"¿Es eso una buena idea?" Mamá continua, dejando caer la bolsa en el pasillo.

En la sala de estar, me derrumbo en el sofá, inclinando la cabeza hacia atrás contra los cojines, con los ojos cerrados. "No es una mala idea. Papá puede traerme a casa si me canso".

"Pero-".

"Mamá", levanto una mano, "quiero ir; quiero que papá me lleve".

Ella resopla y me deja en el sofá, recogiendo mi bolso para llevar las cosas sucias al cuarto de lavado.

Me acosté, me cubrí con la manta de la espalda y me quité las zapatillas sueltas. Sin embargo, no puedo relajarme lo suficiente como para quedarme dormida. Cada ruido de automóvil del exterior me pone tensa, esperando a que Kelly atraviese la puerta. Cada vez que no lo hace, suspiro y me acurruco, sin realmente relajarme, así que cuando finalmente lo hace, siento que voy a explotar.

"¡Cat, estás en casa!".

Su mochila golpea contra el suelo del pasillo y rebota en la sala de estar, arrodillada en el suelo cerca de mi cabeza, sonriendo como una tonta "banshee".

"Sí, estoy en casa". Sonrío y le saco la lengua. Esto se siente normal.

"¿Mamá fue a buscarte?".

"No, papá lo hizo". Veo que la luz de sus ojos aumenta, y sonríe lo suficientemente fuerte como para arrugar las esquinas. Salta de rodillas.

"¿Él está aquí?".

"No". Susurro y suspiro, mirando hacia la puerta para asegurarme de que mamá no esté allí. "Regresó al hotel. O al trabajo. No estoy segura. No entró. Mamá estaba esperando en la puerta".

"Oh". Se desploma y apoya la cabeza en la almohada junto a la mía, cerrando los ojos.

Aparto algunos mechones de cabello suelto de su rostro, sintiéndome anciana pero no sabia. "Me llevará a ver la práctica de la tripulación mañana. ¿Quieres venir con nosotros?".

Ella levanta la cabeza y me mira. Esperaba que ella dijera que sí y se pusiera feliz.

"Tal vez debería quedarme aquí con mamá".

Yo miro hacia atrás. Una parte de mí está feliz, porque si Kelly se queda aquí con mamá, podría evitar otra recepción fría en la puerta. Otra parte la quiere conmigo, un amortiguador entre papá y yo.

¿Pero aún necesito asimilarlo? El papá que me recogió en el hospital y habló con Jett no es el papá al que estoy acostumbrada. Si Kelly viniera con nosotros, ¿se quedaría ese papá o sería más como nuestro papá de antes?

Un latido comienza en mis sienes y cierro los ojos.

"¿Cat?". El suave aliento de Kelly roza mi mejilla.

"Estoy bien, Kel". Abro los ojos y la miro, quiero decir, realmente la miro. No es como si fuera mi hermana menor que anda por ahí porque creo que está enamorada de Jett, sino como si fuera una persona real, separada de mí, con sus propias decisiones y elecciones que tomar. "¿Quieres venir y tal vez salir al agua en un caparazón?".

Ella se encoge de hombros. "Seguro".

"Entonces ven conmigo".

"Pero-".

"Kelly, no podemos tomar nuestras decisiones basándonos en mamá y papá todo el tiempo. A veces, creo que tenemos que tomar decisiones por nosotras mismas. ¿Sabes?".

Kelly asiente con la cabeza, pero no parece que debería hacerlo.

Me recuesto en el sofá, sosteniendo el borde de la manta para que ella pueda meterse debajo de mí. Lo hace, acurrucándose contra mí, metiendo la nariz en mi cuello. Ella está bien por estar afuera, pero no me importa, y la rodeo con mis brazos.

"Creo que lo que estoy tratando de decir es que debemos dejar de preocuparnos por mamá y papá y por cómo actúan entre ellos, y simplemente hacer cosas. De lo contrario, no creo que se den cuenta de lo que les pasa".

"¿Crees que les pasa algo?". Kelly huele. "Quiero decir, ¿crees que esto se va a quedar así, con mamá aquí y papá en el hotel?".

"No lo sé. Pero no depende de nosotros cambiarlo. Ellos tienen que hacerlo".

"Okey".

Nos acostamos juntos, en silencio, escuchando los sonidos de la casa: la secadora dando vueltas a la ropa, mamá arrastrando los pies en la cocina, nuestra respiración sincronizada. Escucho el pitido de Chantilly, aunque sé que ya no está aquí.

El cálido aliento de Kelly se siente bien en mi mejilla. "Iré contigo si crees que me dejarán salir al agua".

CUARENTA Y DOS

Papá está allí a las 7:30, tal como dijo que estaría, con un macchiato de caramelo para mí, un chocolate caliente con crema batida para Kelly y un té verde caliente con miel y lima para mamá, que le entrega a ella. La puerta con una media sonrisa y los ojos bajos. Ha recordado todos nuestros favoritos. Nunca me di cuenta de que prestaba esa atención.

Nos compra el desayuno para llevar y se siente como cuando era pequeña y mamá salía con sus amigas y papá nos sacaba a escondidas a comer hamburguesas.

"Entonces, Cat", papá hace el giro hacia el parque sin problemas y estaciona al lado de la camioneta de Jett. Él toma una respiración profunda y me congelo en mi asiento. "Estoy de acuerdo con que vayas a ODU".

"Cómo lo hizo-".

"Jett lo mencionó".

Kelly salta del asiento trasero y corre hacia Jett, saludando al entrenador, quien sonríe y la llama para que suba a un bote.

"Vamos. Quieres verla en el agua".

"Cat. Lo digo en serio". Papá toma mi mano, impidiéndome salir del auto. "También estoy de acuerdo si no estás lista para comenzar el próximo año".

"Papá, quiero ir a la universidad el año que viene".

"Lo sé, solo quiero que sepas que no me enojaré si no sucede".

"Okey".

"Y estoy de acuerdo con que salgas con Jett. Me equivoqué con él. Pensé que estaba en una banda, pero estaba luchando en la escuela. Supongo que pensé que era una mala influencia para ti".

Esta no es la conversación que espero. Esperaba más presión para unirme a un club o algo así, para rellenar mis solicitudes.

"Está bien. Eso es bueno. Me gusta salir con Jett".

"Eso no significa que tengas un pase libre. Sigo siendo tu padre y él sigue siendo el chico con el que estás saliendo y eso podría ponernos en desacuerdo".

Yo sonrío. "Creo que Jett puede manejar eso".

Papá se ríe y finalmente salimos del auto. Jett me mira, arquea las cejas y sonrío para hacerle saber que todo está bien.

"Ella ya está ahí fuera". Jett asiente con la cabeza hacia el río y el caparazón de ocho niñas cortando suavemente el agua cristalina. Solo cuatro remeros están moviendo sus remos, el entrenador los coloca en posición para su carrera de práctica.

Papá asiente y estira el cuello. "¿Esta es su segunda vez fuera?".

"Sí". Me pongo de puntillas para ver por encima de los arbustos. Los ocho remos se mueven ahora, al mismo ritmo, excepto Kelly, que está solo un segundo detrás de los demás. "Ella es bastante buena".

"Ella te observó lo suficiente". Papá me roza el costado con el codo.

Sonrío pero no digo nada. Viendo a mi hermanita ahí fuera, creo que es mejor que yo.

Luego, atrapa un cangrejo, el remo se pega en el agua y el caparazón se tambalea. Kelly está fuera de posición, relajada cuando todos los demás avanzan. Ella suelta el remo, presa del pánico, y el bote se inclina, loco por la fuerza de las otras chicas.

Se vuelcan.

Hay un grito ahogado colectivo en la orilla y todos corren hacia el borde del agua, estirando el cuello y protegiendo los ojos con las manos del resplandor del sol temprano.

Jett se quita la sudadera con capucha y camina hacia el muelle. Parece que se lanzará tras ellas.

Papá lo agarra del brazo y aunque su rostro palidece, está tranquilo. "Están bien. Mira, el entrenador ya tiene el bote de seguimiento para ellas".

Las chicas se ayudan unas a otras a subir al bote; Dylan, como estudiante de último año, dejando entrar a las chicas más jóvenes primero. Tish, el timonel, se queda con el caparazón y los remos flotantes.

El segundo bote ruge desde el muelle, y se dirige a asegurar el caparazón y la única chica que queda en el agua, mientras el primero trae su carga empapada.

La Sra. Dee corre al cobertizo para botes y regresa con toallas y mantas. La ayudo a repartirlas, cada chica recibe una y una picana para que corran hasta el cobertizo para calentarse.

Los ojos de Kelly están enrojecidos y aunque podría hacerse pasar por el desagradable hundimiento en el agua, sé que probablemente esté llorando.

"¿Qué pasó?". Mamá, abrigada y acurrucada en el frío, mira a los remeros empapados.

Una parte de mí está sorprendida de que esté aquí. No le gusta salir al frío y nunca antes había venido a practicar.

"Tuvimos una caída en el río, eso es todo". El entrenador rechaza el accidente, más por el bien de Kelly que por el de mamá, creo. "Pasa todo el tiempo".

"¿Por qué Kelly está toda mojada?".

"La dejé salir al agua". Papá habla y deja que el entrenador se dirija al cobertizo para explicarle a una Kelly temblorosa que no fue su culpa que el bote se volcara. Todos atrapamos cangrejos al menos una vez y casi siempre nos volcamos.

"¿Paul?".

"Quiere remar. Pensé que no le haría daño".

"¿Y ella se cayó?".

"Y ella se cayó. Pero está bien. Si quiere salir de nuevo, puede hacerlo. O si no quiere", papá le lanza a mamá una mirada penetrante, "no la obligaré".

Mamá asiente y corre hacia el cobertizo para ver cómo está Kelly.

"Mal llevado eso". Le doy un codazo a papá. "Le haré saber a Kelly que no fue su culpa. Le contaré las cinco veces que me pasó cuando empecé".

Papá me abraza a su lado y besa mi sien. "Sin embargo, no la presiones. Ya hice bastante de eso contigo. Estoy aprendiendo".

"Si no hubieras presionado, habría renunciado después de la segunda vez". Lo empujo hacia atrás, jugando. Es casi normal burlarse de papá. Normal como antes de empezar la escuela secundaria, las citas y el equipo. Cuando todavía era una niña en la escuela secundaria y Kelly era pequeña en la primaria y papá no viajaba ni trabajaba muchas horas.

Mamá regresa del cobertizo para botes, el viento azota su cabello oscuro alrededor de su rostro. "Ella está bien y el entrenador está hablando con ella". Se detiene junto a papá.

Él le sonríe y le pasa un brazo por el hombro, poniéndose rígido cuando se da cuenta de lo que ha hecho.

Pero ella sonríe y se acurruca más. "Hablé con mi madre este fin de semana. La convencí de que viniera aquí para el Día de Acción de Gracias. Ella vendrá en tren".

Papá levanta las cejas ante eso y mira a mamá. "¿Cómo te las arreglaste?" Enmascara bastante bien la grieta en su voz.

"Le dije que no podíamos ir para allá. Cat no puede hacerlo con la quimioterapia. Y decidió venir aquí".

Riendo, papá niega con la cabeza. Pero la risa es más de alivio que de humor y sus ojos están un poco frenéticos, pasando de mí a Jett ya cualquier otra cosa que no sea mamá.

"¿Puedes vivir con ella en tu casa durante dos semanas?" Mamá mira su rostro y contengo la respiración. ¿Quería decir eso de la forma en que sonaba?

Papá la mira, tragando saliva, sus ojos oscuros. "¿Dos semanas? Por lo general, solo vamos una".

Mamá se encoge de hombros. "Está jubilada. Tiene tiempo".

"Creo". Pero no parece seguro.

"Ella te hará comer su desayuno, ¿sabes?".

Desayuno. Si papá va a estar desayunando en la casa, eso significa que mamá no espera que él esté en un hotel, ¿verdad? Dejo escapar el aliento y siento los dedos de Jett envolver los míos.

"Supongo que puedo desayunar durante dos semanas".

"Ella podría quedarse más tiempo".

"Ella no lo hará".

Kelly sale corriendo del cobertizo para botes, todavía húmeda pero ya no empapada, sonriendo. "El entrenador dice que puedo intentarlo de nuevo. Solo que me va a meter en una bañera el próximo sábado". Detiene su carrera, meciéndose, cuando ve a mamá y papá acurrucados juntos.

Ella me mira.

Yo sonrío. "Boola viene aquí para el Día de Acción de Gracias. Y papá dice que comerá sus desayunos, pero solo por dos semanas".

"Oh". Los ojos de Kelly van de mi cara a la de papá y luego a la de mamá. "¿Qué pasa después de dos semanas?".

Papá se ríe y agarra a Kelly para incluirla en el abrazo. "Empiezo a preparar el desayuno".

Al ver a mi familia, algo se afloja por dentro. Solo sé que todo saldrá bien. Mañana y la semana que viene. Después del Día de Acción de Gracias y después de que detenga la quimioterapia.

Pero también sé que papá y Boola discutirán y ella se irá después de dos semanas enfadada la primera mañana que él prepare el desayuno, sin hablar con el otro. Pero mamá los hará hablar por teléfono y reconciliarse. No es exactamente normal, porque por lo general papá se queda con rabia después de una semana en Pensilvania. Pero... es bastante normal.

Y papá se irá a su próximo viaje de negocios y me llamará todas las noches, y probablemente temeré algunas de las llamadas porque todavía cree que necesito sacar As de calificaciones y mencionará cómo va el asunto de la universidad porque se olvidará sobre ODU. Y las cosas volverán a ser incómodas cuando llegue a casa por primera vez y tendremos que explicar sobre los platos y poner uno nuevo en la pared cuando lo traiga de vuelta.

Pero puedo lidiar con eso. Mientras hablemos. Si puedo manejar el cáncer y la quimioterapia, puedo manejar eso.

Creo que tal vez estaré bien. He terminado de esperar a que las cosas vuelvan a la normalidad. Quizás lo normal no es lo que necesitamos.

O tal vez solo necesitamos una nueva normalidad.

Ya sabes, un mejor *después*.

FIN

Zahra Jons

Para obtener más libros excelentes, visite www.dreampunkpress.com .

Tenemos fantasía (de TL Frye), Parte de la vida (de Mx. Knowitall), Vampiros Victorianos (de EG Gaddess) y Steampunk (de EG Gaddess y Morven Moeller).

Síguenos en Facebook, Twitter e Instagram para ver todas las cosas geniales que publicaremos en el futuro.

También asegúraste de visitar www.portfolimo.com para artículos de colaboración, como cordones y alfileres de personajes esmaltados.

Y como siempre, ¡¡¡feliz lectura !!!

Zahra Jons

Esperando lo normal

Zahra Jons

www.ingramcontent.com/pod-product-compliance
Lightning Source LLC
Chambersburg PA
CBHW071732190726
48292CB00003B/727